L'ART ÏATRIQUE,

POËME

EN QUATRE CHANTS,

L'ART ÏATRIQUE,

POËME

EN QUATRE CHANTS.

Ouvrage posthume de M. L.-H. B.
L. J. *Docteur-Régent de la Faculté de*
Médecine en l'Université de Paris.

Recueilli & publié par M. de L***,
Membre de plusieurs Académies.

Cùm flueret lutulentus, erat quod tollere velles.
Horat. *Satyr.* 4, *lib.* 1.

A AMIENS,
Et se trouve à Paris,
AUX ÉCOLES DE MÉDECINE.

1776.

AVERTISSEMENT.

LA Faculté de Médecine de Paris a perdu dans l'Auteur de ce Poëme, un de ses Membres digne de tous ses regrets. Une mort prématurée vient de l'enlever au commencement de sa carriere, dont tout garantissoit l'éclat futur. L'aménité de son caractere, son bon esprit, des talens dans tous les genres, le rendoient cher à tous ceux qui le connoissoient, & nous avons été témoins des larmes sinceres qu'ils ont versées sur sa tombe. L'activité de son génie, le desir d'être utile, l'ont sauvé de l'ennui inséparable de la maladie longue & pénible à laquelle il a succombé. Malgré sa foiblesse & ses douleurs, il n'a cessé d'entretenir

A 3

commerce avec les Mufes, & de travailler, jufqu'au dernier inftant, à l'Ouvrage que nous publions, & qu'il avoit heureufement terminè. S'il eût vécu, il l'eût fans doute porté à fa perfection, en corrigeant les négligences qu'entraîne fi fouvent la rapidité du travail. Au refte ce monument fera plus utile à fa gloire, que l'éloge le plus pompeux que nous pourrions faire de fa perfonne.

A Amiens, ce 30 Août 1775.

ÉPITRE

A MA TANTE.

Oui, je me rends, équitable Emilie;
Voici le jour qui nous réconcilie.
Votre amitié n'exigeoit d'un Neveu,
De ses travers que le plus simple aveu;
Il vient le faire & vous demander grace:
Dans votre cœur qu'il reprenne sa place.
Si l'indigence & les cruels remords
Peuvent jamais vous venger de ses torts,
Dans tout son jour votre triomphe
  éclate.
Qu'à ce plaisir votre ame se dilate.
Au goût public forcée à se plier,
Ma gravité se voit humilier.
A mon orgueil tout peint mon impru-
  dence.
Pour me punir, tout met en évidence
La vérité des importans avis
Donnés par vous, par moi trop tard
  suivis.

A 4

Madame, au moins un efpoir me con-
      fole,

Mon cœur touché ne le croit pas fri-
     vole.

Non, par pitié vous n'abuferez pas

De ma douleur & de mon embarras;

Et vos bontés, dont la grandeur me
     frappe,

Ménageront un fuppôt d'Efculape.

Aux préjugés dont on eft entiché,

Sans violence on n'eft pas arraché.

S'il en eft tems, fouffrez que je m'explique.

De bonne foi, je croyois fans réplique

Les argumens que je vous avançois,

Pour l'intérêt de l'art que j'exerçois.

Sans réfifter falloit-il donc me rendre?

Eft-il d'abord facile de comprendre

Qu'un art qui mene à l'immortalité

Doive fa gloire à la frivolité;

Que fi l'on veut, par fon noble exer-
     cice,

Se faire un nom, il vienne du caprice;

Et qu'à la mode il faille s'informer

De ce qu'on doit prefcrire ou réformer?

Devine-t-on, qu'au lieu du vrai remede,
Chaque Docteur s'étudie & s'excede
A faire emploi de prétendus bons mots
qui font toûjours ou médifans ou fots,
Pour le plaifir de cette beauté fade,
Qui gauchement par air fait la malade;
Que pour charmer l'ennui de Monfei-
    gneur,
Pour amufer fa ridicule humeur,
Le Médecin fe fafse Nouvellifte,
De Bulletins foit Auteur ou Copifte;
Pour plaire enfin, qu'il joigne par état
A l'habit noir les grimaces d'un fat?
Mais, ô prodige! ô profondes merveilles!
Oui, j'ignorois que vous & vos pareilles
Dans notre fiecle à tout donniez le ton.
Tous ces Commis foudoyés par Pluton,
D'un art lugubre Artiftes agréables,
Poupins charmans & Cajoleurs aima-
    bles,
Singes jaloux de tous vos protégés,
Sous vos drapeaux fe font aufsi rangés,
Peu fatisfaits d'une fcience aride,
Et vers Plutus voulant un meilleur
    guide,

A 5

Votre crédit justifiant leur choix,
De nos Docteurs vous affurez les droits.
Par des moyens inconnus dans l'hiftoire,
Vous difpenfez la fortune & la gloire,
Et votre adreffe, avec la même main,
Leur applanit l'un & l'autre chemin.
Qu'à leur exemple, aujourd'hui fi com-
  mode,
N'ai-je plié ma conduite à la mode?
Dans quels foucis, honteux de m'affervir
Au feul parti qui pouvoit me fervir,
Efclave né de la délicateffe,
Ai-je perdu mon obfcure jeuneffe!
Trop foible cœur, c'eft affez réfifter!
Par l'intérêt laiffons-nous emporter.
O refpectable, ô généreufe Tante!
Votre Neveu remplira votre attente,
Et du beau fexe étudiant les gouts,
Pratiquera l'art de les flatter tous.
Vous me verrez, de ruelle en ruelle,
Suivre à la pifte un Mécene femelle,
Pour l'enlever à ce Docteur abject
Dont le crédit me deviendroit fufpect.
Vous me verrez, armé de la fatyre,
Montrer par-tout mon adreffe à médire,

Ou recourir, fuivant l'occafion,
Par politique, à l'adulation.
Secret moteur des complots & des
    brigues,
Ne pouvant mieux, j'ourdirai des intri-
    gues.
Enveloppé fous des noms achetés,
Par d'autres mains mes coups étant por-
    tés,
Mes concurrens, au milieu du naufrage,
Ne fauront pas d'où leur vient cet
    orage.
De mon état, en un mot, j'ai l'efprit.
Guérir n'eft pas tout ce qu'il nous pref-
    crit:
C'eft le prétexte, & l'or eft le mobile.
Notre art ainfi n'eft pas un art futile.
Que dans le monde on l'appelle affaffin,
Empoifonneur; qu'importe au Médecin?
Méritât-il, à titre légitime,
Ces noms affreux qui ne font dûs qu'au
    crime,
Fût-il encor par tout tympanifé,
Il devient riche, il eft indemnifé.
Voilà, je crois, la route falutaire

Que m'indiquoit votre main tutelaire,
Je vous dois tout. Par vos leçons inf-
    truit,
J'abjure ici l'erreur qui m'a féduit.
En vain fur moi la probité plaintive
Réclamera les droits dont je la prive:
Sourd à fes cris, mes efforts affidus
Triompheront de fes droits prétendus.
Où font les fruits du champ qu'elle
    féconde?
En eft-il un qui foit utile au monde?
La paix du cœur ne produit pas l'argent,
Dont va manquer l'honnête homme in-
    digent.
J'en ai trop fait l'épreuve malheureufe.
Votre amitié conftante & généreufe
En vit la caufe & vint la prévenir.
Hélas! fans vous qu'allois-je devenir?
Enfeveli dans les bibliotheques,
Sans gagner même un fol pour mes ob-
    feques,
Je ferois mort, comme un autre Patin;
Tout bourfouflé de grec & de latin,
Dans notre fiecle intiule parure.
Nayant pour moi que ma grave figure,

J'étois peut-être admiré, mais laiffé.

Vous triomphez. Je fuis Maître paffé.

Des plus grands noms confacrés par la
vogue

Je puis bientôt orner le catalogue,

De la fortune illuftre favori,

Marcher l'égal des B..'. des L..'.   1 Bordeu,
2 Lorri

Perfuadé que mon bonheur précoce,

Comme au dernier, me donnera carroffe,

Qui ne fait pas que fouvent le hafard

A nos fuccès a la plus grande part?

Si mes talens, ma vertu médicale,

Cités ici, fans que je m'en prévale,

Ont pu répondre à vos foins inouis,

Ne croyez pas qu'ils reftent enfouis.

Me rendre utile eft mon premier prin-
cipe.

Approuvez donc que chacun participe

Aux bons avis, aux exemples divers

Que pour mon bien vous m'avez décou-
verts.

En profitant du jour qui m'illumine,

Pour établir cette heureufe doctrine,

Je vais moi-même en tracer les leçons,

Je les confacre aux foibles nouriffons

Qui, comme moi, prendroient la fauſſe
    route.
A ce projet, chere Tante, j'ajoute
Les vœux d'un cœur toujours reconnoiſ-
    ſant,
Et déſormais le plus obéiſſant.

L'ART ÏATRIQUE.

CHANT PREMIER.

Sanitatem ægris Medicina promittit.
A. CORN. CELS. *lib. 1, in Præfat.*

QUE vais-je faire? Où m'emporte mon zele?
Au premier pas ma fermeté chancele.
Quoi! Hasarder, pour le titre d'Auteur,
D'être traité de prévaricateur,
Et du bon ordre ennemi volontaire,
A nos Statuts déclaré réfractaire!
Moi! de notre art divulguer les secrets!
Des Médecins redoutons les Décrets.
Craignons leur main à frapper toujours prête....
J'hésite encor! C'est là ce qui m'arrête!
Seroit-ce offrir à leur orgueil jaloux
L'occasion d'écouter leur courroux?
Quoi! Mon ouvrage, ameutant leur cabale,
Ressentiroit leur fureur partiale!.....
Rassurons-nous. Jamais la Faculté

N'aura pour moi cette infalubrité.
A fes Suppôts j'offre d'un nouveau Code
Le plan fublime & l'ufage commode.
Là chaque Membre, en lifant fon devoir,
Verra tracé tout ce qu'il faut favoir.
Là pour fortir du néant de l'Ecole,
Il apprendra l'art de jouer fon Rôle,
Ces tours adroits, ces maneges nouveaux,
Pour fupplanter fourdement fes rivaux.
Ma rhétorique, à tout dire ingénue,
N'oubliera pas comment on s'infinue
Auprès des gens du plus pénible accès;
A quel indice on connoît fes fuccès;
Et fi l'on eft affez fort dans la place
Pour foutenir l'affaut avec audace.
Nouveau Corfaire, une fois embarqué,
Comme on attaque, on peut être attaqué.
Pour réunir enfin tout avantage,
J'indiquerai l'exemple à chaque page; *
Et, comme on fait, ce qui frappe les yeux;
En convainquant, nous inftruit toujours mieux.

Tendre Jeuneffe, amis dont la droiture
Eft équivoque, & vife à l'impofture,
Qui ne cherchez, dans le choix d'un état,
Qu'un beau prétexte & l'or pour réfultat,

---

* *Ego autem neminem nomino, quare irafci nemo mihi poterit, nifi qui priùs de fe confiteri voluerit.* C I C. *Orat. pro lege Manilia.*

Et qui voyant ce double caractere ;
Donner son lustre à notre ministere ,
Sous nos drapeaux venez prendre parti ;
De vos besoins mon amour averti ,
Dans le repos méditant nos maximes,
Pour vous guider en enrichit ces rimes.
De cet Ouvrage agréez le tribut,
Il est à vous , vous en êtes le but.
Que vos succès éternisent ma gloire.
Oui, tout m'invite, & je me plais à croire
Que votre esprit, par le zele animé,
Par la douceur sagement réprimé,
Marchant toujours entre ces Acolytes,
Me fournira d'excellens Prosélytes.
Quel bien pour vous ! Quel triomphe pour moi !
De nos loisirs justifions l'emploi.
Examinons ce qu'est la Médecine ,
Son but, ses mœurs , ses loix, son origine.
Avec clarté que tout soit démontré.
Quoi ! va répondre un Rigoriste outré ,
» Peut-on souffrir qu'un Auteur nous infecte
» D'une science aujourd'hui si suspecte?
» J'arrête ici tes pinceaux trop hardis.
» Qu'est en effet la Médecine? Dis.
» N'est-ce pas l'art que Dieu, dans sa clémence,
» Pour soutenir notre frêle existence ,
» Daigna créer & transmettre aux humains ;
» Et qui depuis, avili dans leurs mains ,
» Dégénéré dans ce siecle perfide,

» N'eft plus qu'un art gravement homicide,
» A l'intérêt toujours proftitué?
» Pour l'enfeigner qui t'a conftitué?
Ne croyez pas que mon efprit s'offufque
D'une incartade auffi vive, auffi brufque.
Je fens le prix de cette vérité;
Mais à fa voix enfin j'ai réfifté.
Notre intérêt l'exige & le demande.
Je ferai plus. Il faut que je gourmande
Tous ces échos d'un public ignorant,
Qui n'a jamais que fa foi pour garant.
Mais après tout, moderne Dom Quichotte,
Dois-je en mes vers afficher fa marotte;
De la folie agitant le grelot
Perdre ma peine & paffer pour falot?
Non, non. Laiffons ce qu'on ne peut détruire.
Qu'il nous fuffife ici de vous inftruire
De ce qu'on doit, tous préjugés à part,
Savoir, attendre & penfer de notre Art.
Le définir; c'eft le faire connoître.
Frappons ainfi le premier coup de maître.
    Pour fe donner un favorable effor
La Médecine eft le premier reffort.
Tout ici bas cede à fon miniftere:
De fon effence apprenez le myftere.
De tous les dons, s'il en eft d'excellens,
Prudence, efprit, graces, vertus, talens,
Montrez en vous l'écorce & l'étalage,
Et que cet Art en foit cru l'affemblage.

Au ton capable, au dehors impofant,
Réuniffez le propos féduifant.
A ce début, fi votre ame eft atteinte
D'humilité, de foibleffe ou de crainte;
Et qu'effrayés du fardeau du devoir
Que votre erreur vous feroit entrevoir,
Confidérant le but de la carriere,
Vous héfitiez à franchir la barriere;
Je puis, d'avance, à la timidité
Subftituer un courage indompté;
Vous préparer une prompte reffource;
Qui vous fervant à fournir votre courfe,
Dans tous les cas doit vous communiquer
Abondamment ce qui peut vous manquer.
A votre gré, véritable Protée,
Sur tous les tons elle fera montée;
Ame du monde, invincible raifon,
Connoiffez-la par la comparaifon
De la beauté; l'Univers vous l'attefte,
C'eft la pudeur & le maintien modefte.
Qui font toujours le premier ornement.
De même en nous il eft un fupplément
Qui des vertus dont nos cœurs étincelent,
Releve encor l'éclat qu'elles recelent.
Ce n'eft pas tout, fachez qu'à leur défaut
Il les fuppofe, ou qu'il les équivaut;
Que rien n'émeut, n'étonne, n'embarraffe
Quiconque en foi lui conferve une place.
C'eft de ce don que je veux vous munir.

J'aime pour vous à prévoir l'avenir.
Reconnoiffez le fruit de ma prudence.
Ce fupplément, quel eft-il ? L'IMPUDENCE.
De ce tréfor je ne citerai pas

Gardane Poëtal . Les Amateurs qu'on trouve à chaque pas ;
Ces deux Nageurs toujours dans la riviere ;
Desoffact . Ce Factoton fourré dans chaque affaire ;
Abraham pajon de Moncets Cet Ecuyer allié d'Ifmael ;
Elie Dou potelie. Cet élégant, Prophete en Ifrael ;
Gilles vaSNu. Ce corps léger, Acteur dans les parades ;
Dupuis. Ce puits fans eau, fertile en gafconades ;
Millin de la Courvault Ce laid jaloux , de crainte environné ;
De Brotone Ce vieux novice à l'oubli condamné ;
Mezfence Ce fin Docteur, renommé dans Virgile ;
Maint autre encor , dont la verve ftérile,
Le cœur flétri , l'efprit fans agrément,
Ne feroient rien fans notre fupplément.
Leur verroit-on la lueur du mérite,
S'ils n'en faifoient leur vertu favorite ?
Que l'apparence & la réalité
Ne foient pour vous d'aucune égalité.
Pour mes projets la premiere l'emporte.
Le vrai mérite & fa fublime efcorte
Répondroient mal aux modeftes leçons
Que je deftine à mes feuls nourriffons.
Par cet avis que je vous donne à fuivre,
D'un vain travail ma bonté vous délivre.
Sur l'avenir je dois vous raffurer,
Et mon triomphe eft de vous éclairer.

Malgré l'éclat de la noble origine
Que maint Auteur prête à la Médecine ;
C'eſt l'intérêt dont le calcul honteux
Conçut l'emploi de ces ſecours douteux,
Qu'on oſe offrir à la pâle exiſtence
Du malheureux qui demande aſſiſtance.
Les maux cruels, la terreur de la mort,
Le doux eſpoir de mitiger ſon ſort,
Donnant à l'homme une pente facile
A devenir généreux & docile,
Des cœurs pervers la ſpéculation,
Sur ces moyens bâtit l'invention
De l'Art nouveau, qui fonda ſon empire
Sur les beſoins de tout ce qui reſpire.
Ainſi l'on vit Hiſtrions, Bateleurs,
Mages, Devins, Aruſpices, Jongleurs,
Aller par-tout, juſqu'aux climats ſauvages,
De l'impoſture étendre les ravages.
Ma bonne foi vous doit l'aveu ſecret,
Que pour vous ſeuls j'en fais même à regret.
Mais parmi nous tout a changé de face.
L'équité regne, & notre ſiecle efface
La dureté de ces temps primitifs
Où tous les cœurs étoient rébarbatifs.
Notre Art enfin, malgré la médiſance,
Eſt devenu l'Art de la bienfaiſance ;
L'Art d'amuſer la dolente beauté
Qui joue au mieux la petite ſanté ;
Tous les matins de courir vingt toilettes,

Pour dérider les boudeuses Coquettes ;
Et diffiper les mauffades vapeurs
Dont les maris ou les amans trompeurs
Couvrent fouvent leur femme ou leur maîtreffe
L'Art de Sauver de toute humeur traîtreffe,
Et d'exciter à de nouveaux defirs
L'organe impur de tant de faux plaifirs ;
L'Art d'arrêter la marche de Lucine,
Quand des amours la troupe libertine,
Compromettant les plus chers intérêts,
L'appelleroit à fes jeux indifcrets ;
De fa venue oblitérer les traces ;
Reffufciter l'apparence des graces ;
Au lieu de fleurs donner le coloris ;
Et des appas rajufter les débris.
C'en eft affez pour forcer à fe taire
Tout Ariftarque, injuftement auftere.
Or vous voyez, par ce tableau léger,
Ce que notre Art eft en droit d'exiger ;
Et qu'il ne faut, pour votre réuffite,
Que vous parer des dehors du mérite.
C'eft expofer, par cet air fpécieux,
La Médecine aux traits des envieux,
Je mets fa gloire à voir leur phrénéfie
Jetter fur elle un œil de jaloufie.
L'un en plaifante, & pour la diffamer,
D'un ton railleur s'amufe à déclamer.
L'autre fe prend d'un fier enthoufiafme,
Et vient contre elle employer le farcafme,

Dans le conflit de ces efforts jaloux,
Nous triomphons & nous bravons leurs coups.
Inébranlable au fort de la tempête,
A répliquer la Médecine est prête ;
Et ce grand Art attaqué chaque jour,
Peut plaisanter & confondre à son tour.
Parmi ce tas de Détracteurs modernes,
Distinguons bien deux branches subalternes
De ce même Art qu'ici nous célébrons.
Ingrats enfans, pires que les Nérons,
Qui tous les jours déchirant par malice,
A belles dents, le sein de leur nourrice,
Ligués contr'elle, à lui nuire empressés,
Voudroient encor en être caressés ;
Et que, cédant à leur impertinence
On renonçât à la prééminence ;
Filles sans ame, & dont l'impunité
Sert de prétexte à la témérité !
L'une en traitresse agit à la sourdine.
L'autre en tout temps plus fiere & plus mutine,
De la révolte a levé l'étendard,
Ouvertement aiguise son poignard,
Le tient sur nous d'une main forcenée,
Et pour le sang nous montre qu'elle est née.
N'osant combattre avec ses légions,
Pour cette guerre elle a ses champions,
Qui, des Hussards imitant la conduite,
Lâchent leur coup & songent à la fuite,
Foible moyen pour un mal excessif !

On s'entrechoque, & rien n'eſt déciſiſ.
Leur maladreſſe en tout temps nous raſſure.
Louis Chitu. Il en eſt un portant plus forte armure,
Vrai fanfaron, entreprenant, ſubtil,
Aux yeux de qui tout eſt inepte & vil;
Mépriſant tout juſqu'aux chefs de ſa horde,
Ne voyant rien qu'il n'attaque & ne morde,
Et renonçant à ſe faire eſtimer;
C'eſt le premier à vouloir s'eſcrimer.
Au moindre feu ſa cervelle s'allume;
A chaque époque il enfante un volume,
Où nous voyons tous les droits violés,
De vrais Savans ſans pudeur immolés,
D'illuſtres morts, qui lui portoient ombrage,
Sacrifiés à ſa jalouſe rage;
Le fol orgueil, la morgue, l'eſprit faux,
De l'amour-propre enfin tous les défauts.
L'ambition, la ſottiſe & l'envie,
Reglent ainſi le cercle de ſa vie;
Ingrat, méchant, vain, ſuperficiel,
Il n'eſt adroit qu'à répandre ſon fiel.
A ce ſerpent laiſſons ronger la lime.
A la hauteur de notre vol ſublime
Que ces deux corps humiliés, honteux
Sentent les droits que nous avons ſur eux.
Nul, ſans nos ſoins, aux mortels n'eſt utile;
L'un empoiſonne & l'autre les mutile.
C'eſt à notre Art humain, conſolateur,
De tous les maux heureux réparateur,

A

A diriger l'œuvre de ces Artiftes.

En long rabat j'apperçois des Légiftes,
Tout triomphans au fortir du Barreau,
D'avoir fouftrait à la main du Bourreau
Ces accufés, dont leur mâle éloquence
A défendu la douteufe innocence.
Fiers du fuccès, un coup d'œil de dédain
Au-deffous d'eux mêt tous le genre humain.
C'eft nous fur-tout que leur orgueil fublime
Voudroit priver d'un honneur légitime,
Et nous confondre, injuftes concurrens,
Parmi la foule affife aux derniers rangs.
Mais comparons à l'Art Hippocratique
L'utilité dont cet Ordre fe pique.
De toutes parts on crie HUMANITÉ :
Sans le fentir ce mot eft répété.
Ces malheureux qu'on croyoit condamnables,
Abfous enfin, n'étoient-il pas coupables ?
En liberté peut-on les voir remis,
Sans craindre en eux de nouveaux ennemis ?
Dans leur penchant n'eft-il rien qu'on redoute ?
Notre Art divin à l'abri de ce doute,
Sauve toujours, fans craindre l'avenir ;
De fes bienfaits le tendre fouvenir
Ne s'affoiblit jamais par la durée ;
Et fa douceur, loin d'en être altérée
Par le retour des maux qu'on a foufferts,
Y trouve encor tous les motifs offerts,
Pour fe livrer à la douce efpérance

B

De parvenir à la convalefcence.
A ma réponfe outrés, impatients,
Ces beaux difeurs oppofent leurs clients,
Citent fur-tout l'orphelin & la veuve.
Peut-on admettre une pareille preuve ?
Ne fait-on pas qu'aujourd'hui défenfeurs,
Ils font demain changés en aggreffeurs ?
Le choix les regle. Au but de la partie
Leur éloquence eft toujours affortie.
Ce n'eft qu'entr'eux, parmi tous les humains,
Qu'on trouve ainfi des gens à toutes mains.
Ces vérités ont de quoi les confondre.
N'attendez pas qu'ils ofent y répondre.
Dans leurs propos ces petits Cicérons
N'en feront pas moins fiers, moins fanfarons,
Et répétant les maux qu'ils nous imputent,
Croiront gagner le pas qu'ils nous difputent.
Mais finiffons, & faifons-leur quartier;
Laiffons jafer quiconque en fait métier.

Eh quoi ! fur nous la Tourbe philofophe
Viendroit lancer des traits de même étoffe !
De faux Docteurs ce ridicule effaim
Criera toujours au meurtre, à l'affaffin ;
Et ces pédants que notre gloire attrifte,
Voudroient que l'Art leur parvînt fans l'Artifte !
Quoi ! Leur manie & leur premier travers,
Eft de vouloir régenter l'univers ;
Nous les voyons dans leur morgue fuprême
Ne pas favoir fe régenter eux-mêmes ;

Et ces Meſſieurs, prompts à nous abuſer,
Contre notre Art tenteroient d'aiguiſer
D'une Epigramme une pointe émouſſée,
Sans que par nous elle fût repouſſée !
Nos droits ſur eux ne ſont point incertains.
Duement inſtruits par les Abdéritains,
Souvenez-vous de ce qui les irrite;
C'eſt qu'Hippocrate a jugé Démocrite.

    D'autres encor, inſectes impuiſſans,
Quoiqu'écraſés, ſans ceſſe renaiſſans,
Comme un eſſaim au tour de nous pullulent.
N'ayons égard à ce qu'ils articulent.
Les réfuter ſeroit ſans contredit;
A leur vain bruit donner trop de crédit.
Abandonnons cette race profane.

    Que vois-je ? O Ciel ! Une troupe en ſoutane,
En chapeau large, en habit chamarré,
Rochet, manteau, blanc, noir ou bigarré,
En barbe, en froc, en ſouliers, en ſandales,
Accoutumée au trouble des cabales,
Vient contre nous, d'un ton de patelin,
Lancer les traits de ſon eſprit malin.
Un ſon de voix fait pour ſéduire l'ame,
Semble adoucir le ſel de l'Epigramme;
Mais l'âcreté de ce venin caché
Rend plus piquant le brocard décoché.
Ça, répondons, pulvériſons l'Egliſe.
Il faut ici que je m'immortaliſe.....
Je brigue, hélas un dangereux honneur,

B 2

Et ce faint Corps *eſt l'Arche du Seigneur.*
Qui la touchoit d'une main trop hardie,
Puni du Ciel, tomboit en léthargie.
Je me tairai ; mais ſi j'oſois pourtant.....
Je rabattrois ſon caquet inſultant.

Voilà quels ſont nos premiers adverſaires.
Déſeſpérés de nous voir néceſſaires,
Qu'établis ſeuls par la néceſſité,
Sur eux toujours nous l'ayons emporté ;
Pour balancer notre prééminence,
Ils ont cherché la frivole vengeance
De nous fronder par de mauvais bons mots,
Des quolibets, ſeules armes des ſots.
Leurs vains diſcours ne ſont pas un outrage ;
Ils ſont plutôt l'involontaire hommage
Qu'ils viennent rendre à notre Art immortel,
Le ſeul des Arts qui mérite un Autel.
L'Antiquité, fertile en grands exemples,
N'a qu'à lui ſeul édifié des Temples ;
Et, ſous le nom d'un Dieu très-révéré,
De notre Art ſeul fit un objet ſacré.
Déjà ce Dieu qu'invoquent nos Ancêtres,
A pour ſon Culte une foule de Prêtres,
De l'homme ſain prudens médiateurs,
Et pour l'infirme heureux expiateurs.
Leurs moindres faits ſont autant de miracles,
La vérité de leurs divins oracles
Des malheureux attire le concours
Qui d'Eſculape attendent le ſecours.

Cité fameufe, Immortelle Epidaure,
De la fanté, ce Maître qu'on adore,
Reçut de vous , dans fes Temples récents,
Les premiers vœux & le premier encens.
Vous avez fu prifer la Médecine;
Vous adoptiez fa célefte origine ;
Et pour cet Art vos conftantes ferveurs
Vous ont valu fes plus dignes faveurs.
Comment vos coqs offerts en facrifice
N'auroient-ils pas rendu le Dieu propice,
Quand vos efprits foumis à fes décrets
Obéiffoient fans détours indifcrets ?
Vous n'eûtes point, dans votre populace,
Des mécréans , dont la coupable audace
Ofât fcruter, d'un regard curieux,
Les procédés des Prêtres & des Dieux,
Les foupçonnât de fourbe & d'impofture,
Et dans fes maux n'eût foi qu'à la nature.
Auffi vit-on vos incubations,
Vos talifmans & vos libations,
Tout l'appareil de vos facrés myfteres,
Long-temps l'objet du refpect de nos Peres,
Et dans vos murs le fils de Coronis
Eut à fes pieds cent Peuples réunis.
De cet honneur dont je vous félicite,
J'étois jaloux ; mais Paris vous imite.
Avec tranfporr je vois cette Cité
Marcher de pair dans fa rivalité,
En foutenir le plus long parallele,

B 3

Et, comme vous, à fon culte fidele,
Montrer au Dieu qu'elle vient d'adopter
Une ferveur qu'on ne peut furmonter.
En quelque point certaine différence
Ne fait rien perdre à cette reffemblance.
Le même objet nous regle & nous conduit,
Et notre efpoir vife au même produit.
Au lieu d'un Dieu nourri par une chevre,
Au lieu d'Autel qu'on dédie à la fievre,
C'eft à Plutus que nous facrifions;
C'eft dans nos cœurs que nous édifions
A notre Idole, au grand Dieu des richeffes,
Tous les Autels payés par fes largeffes.
Mais pour garder un dehors impofant,
Toujours modefte & toujours féduifant,
Nous concentrons le zele de fon Culte,
Et nous brûlons d'une ferveur occulte.
Ce Dieu puiffant, heureux dans fes deffeins,
N'en eft pas moins le Dieu des Médecins.
Ce n'eft point l'Art qu'il foutient & protege;
C'eft aux Docteurs doués du privilege
D'être à la fois fes Sacrificateurs,
Ses Favoris, fes premiers Sectateurs;
Que ce Dieu bon, généreux, magnifique,
Accorde tout, & qu'il fe communique.
L'Art n'eft plus rien auprès de l'intérêt;
C'eft un vain nom, un prétexte, un fujet
Pour plaire en tout au Dieu qui nous gouverne.
Tel eft l'efprit de notre Rit moderne.

Nous nous gardons fagement d'oublier
Qu'à toute Idole il faut facrifier.
Coqs ou moineaux contentoient Efculape.
Le fin Plutus n'y voit rien qui le frappe.
A pleines mains fes dons verfés fur nous
Veulent au moins qu'on recherche fes goûts.
L'or fait trouver tous les droits légitimes.
A fes defirs nous offrons en victimes
La probité, l'honneur & la vertu,
Quiconque enfin s'en montre revêtu.
Nous infiftons à fuivre vos exemples.
Vous inftruifiez dans le fein de vos Temples,
Vous y gardiez de ces jeunes Beautés,
Qui dans la nuit venoient à pas comptés,
D'un Dieu propice agréables Miniftres,
Exorcifer les fymptômes finiftres
Qui menaçoient les jours de ces mortels,
Que l'efpérance amenoit aux Autels,
Et qu'en faveur d'un honnête honoraire,
Vous aviez mis coucher au Sanctuaire,
Bien parfumés, efpérant faintement
De rêver tous très-agréablement.
Or ces Beautés ne font pas fans rivales,
Et, comme vous, nous avons des Veftales,
Qui, fe prêtant au gré de nos defirs,
Servent aux maux auffi bien qu'aux plaifirs.
Mais nous avons renchéri fur l'ufage.
Certain Docteur, célebre perfonnage,
Ne fe bornant au moyen curatif,

B 4

Par leur canal cherche un préfervatif.
Par vingt témoins chargés des plus beaux titres ;
De fes exploits, oculaires arbitres.
Sa découverte eft prônée en tout lieu,
Et ce travail eft pour plaire à fon Dieu.
Que refte-t-il ? Quels dogmes, quels préceptes
Connûtes-vous, que nos fameux Adeptes
N'en fuivent tous l'efprit & la rigueur ?
En eft-il un qui ne foit en vigueur ?
De tous vos pas, nous fuivons les veftiges.
Nous imitons jufques à vos preftiges ;
Pour acquérir pleine conformité,
Tendant un piege à la crédulité,
Des Charlatans affectant le langage,
Nous ne vantons que nous & notre ouvrage.
L'Art pour nous feuls n'a jamais rien d'obfcur.
Nous annonçons un fuccès toujours fûr.
Nous évoquons, par ce ton d'affurance,
L'illufion, fille de l'efpérance ;
Et comme vous, en difcourant très-bien,
Nous promettons, & nous ne tenons rien.
 Quittons enfin une Ville étrangere,
Dont l'exiftence & frêle & paffagere
Ne laiffe plus que d'informes débris ;
Et choififfant vos Maîtres dans Paris,
Encouragés par de fi grands modeles,
Prenez un cœur foumis aux loix nouvelles.

CHANT SECOND.

Prosperum ac felix scelus virtus vocatur.
SENEC. *in Hercul. furiof.*

C'EST vainement qu'on veut nous faire entendre
Qu'aucun mortel ne doit jamais prétendre
A devenir Médecin excellent,
Si de son astre il ne tient son talent;
Et si du Ciel, ainsi que le Poëte,
Il ne reçoit l'influence secrette.
Sans démontrer aux yeux de la raison
L'absurdité de la comparaison,
Sans même ici vous rapporter l'exemple
De tant de sots que l'Univers contemple,
Et qu'il estime uniques possesseurs
De l'Art divin qui voile leurs noirceurs ;
Laissons régner une erreur nécessaire.
Qu'est-il besoin que le Ciel nous éclaire?
Que nous faut-il? Nous avons à la fois
Notre intérêt, nos Maîtres & nos Loix.
De ces trois points l'heureuse convergence
Est le foyer de notre intelligence ;
Le nouveau phare élevé jusqu'aux Cieux,
Et le seul astre où se portent nos yeux,
Pour en tirer cette clarté féconde
Qui doit guider tous nos pas dans le monde,

B 5.

Nous difpofer à la célébrité,

Et nous conduire à l'immortalité.

Pour cette erreur, ce préjugé gothique,

Que ma profonde & faine politique

Dans ces leçons me défend de fronder,

Il ne nuit pas, & peut nous feconder.

Il entretient le Vulgaire ftupide

Dans un refpect confiant & timide

Pour les décrets émanés du cerveau

De tout Docteur ancien ou nouveau.

Mais fes effets, plus grands, plus légitimes,

Sont d'écarter ces gens pufillanimes,

A la droiture, à l'honneur attachés,

De la vertu follement entichés,

Dont l'imbécille & plate modeftie,

Au vain fcrupule encore affujettie,

N'ofe embraffer un état floriffant,

Où chaque pas leur a paru gliffant,

Craint d'y manquer de zele ou de fcience,

Et veut en tout agir en confcience.

De ces pédans à l'étude appliqués,

Par rareté toujours plus remarqués,

L'extérieur auftere ou ridicule

N'offrant jamais la moindre particule

Du luxe altier qui confond les états,

Déplairoit trop à nos yeux délicats,

Humilieroit l'élégance facile

Que nos Docteurs étalent par la Ville ;

Et dans leur cœur le bon ordre enchâffé

Rappelleroit les mœurs du temps paſſé.
De telles gens ne ſont pas admiſſibles.
Nous ne voulons que des cœurs impaſſibles,
Dont la vigueur, l'opiniâtreté,
Soit le rempart du plan accrédité.
Le premier point de notre Catéchiſme
Eſt d'embraſſer, ſans pitié, l'EGOÏSME ;
Faire ſa regle & ſa ſuprême loi,
Dans tous les cas, de ne ſonger qu'à ſoi ;
De ſe vanter, quoique jeune Novice ;
De ſavoir tout par un long exercice ;
D'avoir de l'Art épuiſé les moyens,
De s'offrir même à ſes Concitoyens.
Ainſi l'on vit, épris d'un ſi beau zele,
A leurs devoirs portant un cœur fidele,
Trois des Docteurs à peine hors du berceau,
Sur les ſantés chercher un droit nouveau.
Pour conſoler la miſere publique ;
L'ABONNEMENT étoit ECONOMIQUE.
Ils propoſoient, en publiant leur plan,
Des Guériſſeurs pour un écu par an.
De leur projet ce n'eſt là que l'écorce.
Aux Abonnés, en préſentant l'amorce
De les traiter pour un prix auſſi bas,
Pour les gagner, l'Affiche n'omit pas,
Voulant d'abord capter la confiance,
De célébrer leur longue expérience,
Leurs grands talens, qu'eux-mêmes commentoient ;
Eux ſeuls pourtant ignoroient qu'ils mentoient.

B 6

Mais il falloit forcer la Renommée
A les couvrir de toute fa fumée ;
D'un nom abject fe faire un nom fameux ;
Mettre en commerce un Art flétri par eux ;
Pour conferver cette prérogative,
Rendre à Paris la pratique exclufive ;
Se partager les quartiers envahis ;
Et, pour fruftrer des Concurrens haïs,
Ou, pour calmer une faim importune,
Par la baffeffe appeller la fortune.
On tenta tout, & jamais le fuccès
N'eût couronné de fi vaftes effais.
O bienfaifance ! ô courage intrépide !
Non, de Céfar, d'Antoine & de Lépide
Les plus hauts faits & le Triumvirat
N'auroient jamais excité tant d'éclat.
Nos Triumvirs, quelle que foit ta gloire,
Rome, ~~aurorenplacé~~ *fetoient* au Temple de mémoire,
Avant les tiens qu'ils auroient furpaffés,
Des Médecins les auroient effacés.
Imitateur de leur zele modefte,
Vous méritez qu'ici je vous attefte,
Mittié Docteur obfcur, nouvellement éclos,
Vous l'acquéreur du fyrop de Velnos.
Par votre exemple & par votre conduite,
Daignez fouffrir que la jeuneffe inftruite,
A l'impudence accoutume fon front,
Et fans rougir qu'elle effuie un affront.
Vous le favez. Ce fecret admirable

Que vous vantez, n'eft qu'un leurre effroyable,
Un vain fecours , incapable entre nous ,
De foulager , de réparer les coups ,
Ces coups cuifans donnés dans l'allégreffe ,
Et qu'on reçoit des mains d'une Déeffe.
De ce fecret vous vous fervez pourtant
Pour vous offrir & vous rendre important.
Communiquez cette ardeur que j'admire.
Il m'en fouvient, je ne puis trop le dire,
Vous apprenez dans la Société,
Qu'un Citoyen honnête & refpecté,
Atteint d'un mal d'un douteux caractere,
Et qu'on foupçonne arrivé de Cythere,
A vainement attendu des fecours
De l'Art divin qui conferve nos jours.
La bienfaifance & fa célefte flamme,
L'humanité , follicitent votre ame.
Cet Inconnu vient de vous attendrir.
On dit fon nom , & l'on vous voit partir.
A votre afpect , quelle fut fa furprife !
Vous annoncez , avec votre franchife ,
Vos qualités , votre but, vos talens
Pour les bleffés dans les combats galans ;
Vous exaltez le fyrop & fon Maître.
Vous voulez voir, toucher & reconnoître
Le mal rébelle aux reffources d'autrui.
Mais cet ingrat vaut-il qu'on penfe à lui?
Il vous rejette avec ignominie.
De votre plan détruifant l'harmonie,

Vous le quittez & revenez foudain,
Le cœur tranquille & votre front ferein.
O fermeté ! rare exemple ! ô conftance !
Que n'ai-je, hélas ! votre perfévérance !
Heureux cent fois qui peut vous imiter !
Ma Mufe au moins fe plaît à vous citer.

Je ne veux point encourir le reproche
De n'apporter qu'un exemple qui cloche,
Ni m'expofer à voir le procédé
Cité par moi, traité de hafardé.
L'autorité du mortel le plus grave
Aux vains caquets faura mettre une entrave,
Et de Belet le célebre Fauteur
Juftifiera l'exemple & fon Auteur.
Non, ce n'eft plus un petit perfonnage,
Novice encore, & dans l'apprentiffage
Des grands moyens & des faits éclatans,
Qui s'affocie avec des Charlatans ;
Qui fecondant leurs courfes clandeftines,
Pour fubfifter, partage leurs rapines ;
Qui voit fon nom, garant dans tous les cas,
Servir d'enfeigne à leurs affaffinats ;
Et qui confent, ame coupable & lâche,
A fe couvrir d'une éternelle tache ;
Pour que ce nom, jufqu'alors inconnu,
Avec le leur foit plutôt parvenu.
J'offre en exemple un Docteur vénérable,
Et de mon oncle ami recommandable,
Que la fortune & la célébrité

Ont à l'envi dès long-temps exalté.
J'en fais ici ma gloire, mon trophée.
Applaudiffez : c'eft notre Coriphée.
Or qui de vous a fi-tôt oublié
Que ce grand'homme avoit certifié
Qu'une liqueur en fyrop transformée,
Par un Cafard, de fainte renommée,
Et toutefois étroitement uni
Avec Billard, par le carcan puni ;
Que ce fyrop, connu dans le vulgaire
Sous le nom feul de fon propriétaire,
Fait pour produire un heureux changement,
Étoit pour nous un *dédommagement*
Des maux cruels, de ce virus immonde,
Qu'on apporta des bords du Nouveau-Monde,
Et qu'à fes yeux ce remede égaloit
Tout ce qu'enfin l'Amérique étaloit?
De cet éloge & fa magnificence,
Je ne viens point tirer la conféquence.
Je laiffe, Amis, à vos efprits fubtils,
A demêler adroitement quels fils
Ont dirigé la plume & le génie
De ce Phénix que Chartres nous envie,
Par le regret de voir fes murs privés
Des grands talens dans fon fein élevés.
Jugez vous-même ; apprenez à connoître
Au moindre trait, l'efprit de chaque Maître ;
Comme on diftingue, à l'afpect du blafon,
Le nom, le rang propre à chaque Maifon.

Du Cardinal qui dompta la Rochelle,
Et tint toujours fon Roi fous fa tutele,
Laiffons la rue, & volons au Marais.
Ah! quel bonheur! quoi déjà tu parois,
Homme loyal, bienfaifant, magnanime,
Tu viens t'offrir au zele qui m'anime,
Et me prêter le fecours généreux
De ton exemple innocemment heureux!
Où puis-je ailleurs trouver pour la jeuneffe,
Plus de leçons d'artifice & d'adreffe?
J'admire en toi, de tous les dons rempli,
De l'Égoïfme un modele accompli.
Pendant le cours du plus long Miniftere,
Tu déployas ton rare caractere.
A tout propos ton langage ufité
Ne nous citoit qu'honneur, que probité.
A t'écouter fur tout ce qui te touche,
La vérité s'exprimoit par ta bouche;
Et tu fais bien que ce ton doucereux
N'étoit qu'un piege auffi fubtil qu'affreux.
Mais que t'importe? avec cet artifice,
Tu préparas ton noble facrifice.
Dis nous le prix de ta foumiffion
A confentir que la Commiffion,
Qu'injuftement on a nommé Royale,
Eût malgré nous l'exiftence légale.
Oublierons-nous qu'à feindre accoutumé,
Tu nous inftruis, quand tout eft confommé?
C'eft en tout point que ta droiture brille.

Tu rends ton compte. Un Docteur l'apostille ;
Et sa remarque excitant ton dépit,
Est déférée au Ministre en crédit.
L'esprit du Corps, & le droit de suffrage,
Tout doit céder, dès qu'il te porte ombrage.
Chez nous ainsi ta juste ambition
Est d'établir une Inquisition !
Ainsi toujours ton ame s'évertue !
La Faculté te doit une Statue.
Nous te ferons, sans art & sans talent,
D'un métal faux un buste ressemblant.

    Vous surpassez nos plus fiers Égoïstes,
Docteurs hardis, fauteurs des Ubiquistes,
Qui prétendez violer nos Statuts,
Voir à vos pieds nos titres abattus,
Et renfermer dans vos mains sacrileges
Le plus brillant de tous nos privileges ;
Voulant, pour vous, rendre perpétuel
Des Professeurs l'exercice annuel.
Pourquoi faut-il que l'on dise ANATHEME
Aux créateurs d'un si noble système ?
Nous aurions vu les Élus fortunés
A nous chasser bientôt déterminés,
Tenir marché de dégrés de licence,
Et concentrer, pour comble d'indécence,
Le Corps salubre où nous étions admis,
Dans le tripot de sept ou huit Commis.
Dans leur projet, ces esprits téméraires
Ont échoué, battus des vents contraires.

N'importe : allons à de nouveaux essais :
Un autre temps amene le succès.

 Mais quels Acteurs viennent ouvrir la scene,
Quel mouvement les pousse & les entraîne?
De toutes parts, je n'entends que rumeurs;
Je vois courir Libraires, Imprimeurs.
L'ambition précede ce cortege;
Le fol orgueil l'anime & le protege.
Sur des ballots de dissertations,
Le bavardage & les opinions,
Placés au centre, & comme sur un trône,
D'une vessie ayant fait leur couronne,
Vont dans des chars légers & chancelans,
Tous attelés de quatre cerfs-volans.
Du haut des chars à pleines mains on jette
Sur les passans des feuilles de gazette.
Dix escadrons de Martyrs de Vénus
Rangés en file, avancent demi-nus.
Cent Caporaux, conduisant leur sequelle,
Suivent, chargés de la boîte nouvelle,
A chaque pas, criant tous fortement :
« Est-il quelqu'un de mort subitement? »
De cette marche auguste & triomphale,
Vient le Héros, monté sur Bucephale.
De près le suit la Déesse à cent voix :
Dans le silence elle étoit cette fois.
Pour annoncer sa brillante carrière,
Elle avoit mis sa trompette au derriere ;
Et du Héros l'éloge original

Eſt le produit d'un vent inteſtinal.

Quelles clameurs! quels efforts! place., place.
Quel forcené s'avance avec audace,
Et vient troubler notre Triomphateur?
Ah! c'eſt M⁂, jadis Enfant-de-Chœur.
Il n'a plus rien de ſa manſuétude;
De la vengeance il s'eſt fait une étude.
De ſon Égliſe il a pris le ſerpent,
Et de cette arme il va toujours frappant.
Notre Héros vainement ſe mutine:
Il en reçoit ſur le nez, ſur l'échine;
Et l'inſtrument qui ſert à louer Dieu,
Sert, en jurant, à bleſſer plus d'un lieu.

Au bruit affreux de ces différens rôles,
Le grand'Couſin, le Sacriſtain d'A⁂
De ſon logis eſt auſſi-tôt parti,
L'œil en fureur, & le nez averti
Par le parfum que ſa trompette exhale,
A ſe venger montre une ardeur égale;
De ſon pouvoir veut ſeconder M⁂,
Et vient chargé d'un Rituel Romain.
Pour accomplir le projet qu'il médite,
Il crie, arrête, à la troupe interdite.
Dans un inſtant, tout eſt reſté glacé;
Et notre Gars ceſſe d'être feſſé.
Le Sacriſtain, en calmant ce tumulte,
Lui préparoit une nouvelle inſulte.

« Songeons, dit-il, à le catéchiſer;
» C'eſt un Démon: il faut l'exorciſer ».

On applaudit. L'Exorcifte commence.

« Ame perverfe, abominable engeance,
» Je t'exorcife au nom de la vertu.
» Que dis-je, hélas! Monftre, la connois-tu?
» Tu ne connois qu'intrigues éternelles,
» Que trahifons, que trames criminelles,
.» Perfide ami, faux témoin, cœur ingrat,
» Je t'exorcife au nom de la C...
» Entends la voix, les cris de ta Patrie,
» Abjure ici ta coupable induftrie ».

L'Exorcifé répond tranquillement :
» Vous jouez-vous des droits du Parlement?
» Je fuis jugé. Le Sénat éphémere
» A renverfé votre abfurde chimere.
» Par fon Arrêt, mis dans le plus grand jour,
» Oubliez-vous que je fuis hors de Cour »?

A ce propos, le Couple antagonifte,
Le grand'Coufin, le petit Organifte,
Voyant perdus leur peine & leur fermon,
Dans les Enfers renvoyoient ce Démon.
Mais fon penchant ardent, opiniâtre,
A de Paris préféré le théâtre,
Où le cahos de ce Peuple nombreux
Lui laiffe ourdir fes complots ténébreux.
De fes talens la dangereufe adreffe,
Son ton aifé, fur-tout fa hardieffe,
D'un voile obfcur couvrant l'iniquité,
De fes forfaits montrent le beau côté;
Et dans le monde, au grand bruit qu'il excite,

Il passe encor pour homme de mérite.
Courage, Amis, ne désespérez point
Que votre gloire arrive à ce haut point.
Conformez-vous à ce brillant modele.
Malgré mes soins à le rendre fidele,
Si vous jugez que mes foibles crayons
Vous rendent mal l'éclat de ses rayons,
S'il faut d'un nom que je vous avertisse,
De B**** admirez le complice.
J'apporte ici l'exemple avant la loi ;
Connoissez-la, FAIRE PARLER DE SOI.

   De bons moyens, craignez-vous la disette?
Voici pour vous la meilleure trompette.
Faites des *Cours*. Voyez ces noms écrits
Envelopper tous les murs de Paris,
De nos Badauts, arrêtés dans la rue,
Par leur format défier la berlue,
Et figurer, pour l'honneur de notre Art,
Dans la Gazette, en un article à part.
Voyez celui qui parmi nous s'obstine
A se donner pour Prêtre de Lucine.
A cet exemple, à bon droit annoncé,
Pourquoi l'air sombre & le sourcil froncé?
Je vous entends. Un point vous embarrasse.
Bien différent de cet enfant d'Ignace,
Qui du blason ignorant jusqu'au mot,
Pour s'en instruire, & n'être plus un sot,
En entreprit ce Traité méthodique,
Qui nous transmet la Science Héraldique,

Vous foutenez, vous répétez toujours
Qu'un Roitelet a beau faire des *Cours*;
Que feulement connu d'une Matrone,
Il prend en vain la peine qu'il fe donne;
Et qu'un placard à nos murs attaché,
Eft par un autre inceffamment caché.
Soit; je le veux : la raifon eft preffante.
J'offrirai donc une affiche roulante,
Qni, promenée en mille endroits divers,
Vous fauvera de femblable revers.
C'eft un carroffe. Ayez un équipage.
Si la nobleffe eft échue en partage
Aux bons Aïeux dont vous êtes forti,
De cet honneur, il faut tirer parti.
D'abord, par-tout dites-vous Gentilhomme.
Pour qu'auffi-tôt chaque paffant vous nomme,
De l'écuffon tranfmis par vos Aïeux
Embelliffez votre char radieux.
Ainfi le veut notre unique modele.
Suivant fon goût, fon écu le décele,
Et vient offrir à votre œil étonné
Ce Neuftrien, Gentilhomme herminé.
L'enfeigne roule, & le fait reconnoître.
S'égare-t-on fur les pas d'un tel Maître?
Mais fi du fort l'inflexibilité,
De ce haut rang vous avoit écarté;
Que roturiers, comme l'étoient vos peres,
Vous ne portiez ni cimiers ni bannieres;
Pour furmonter ces obftacles puiffans,

Vous bornez-vous à des vœux innocens?
Imaginez quelque trait remarquable ;
De tout Paris foyez plutôt la fable ;
Que votre hiftoire occupe encor la Cour;
Mais produifez votre nom au grand jour.
Sur cet article, il eft des Docteurs même
Qui hautement foutiennent le fyftême,
Qu'au prix de tout, il faut faire du bruit.
Oui, fût-ce en mal, jamais cela ne nuit.
Quant aux moyens, pourvu que l'on s'ajufte,
Le plus heureux eft toujours le plus jufte.

    Mais toutefois n'en négligez aucun.
Il n'en eft point qui ne foit opportun.
Tel moyen feul pafferoit pour futile,
Qui, réuni, peut devenir utile.
Ainfi l'on voit le plus maigre Docteur,
De corps, d'efprit, de figure, de cœur,
Chercher par-tout des titres à la pifte,
Les entaffer dans la plus longue lifte,
Forger des mots, quelquefois les créant,
Par ce manege étayer fon néant.
Il a fur-tout le rare privilege
D'être à Paris un Citoyen de Liege ;
Et parmi nous cette diftinction
Fait furnager fa réputation.

    De cet exemple efficace & commode,
Digne à jamais d'être infcrit dans ce Code,
Avec ardeur fongez à profiter.
Selon fes goûts, chacun peut l'imiter.

Il eſt aſſez de ces Corps Littéraires,
Diſtributeurs de noms imaginaires,
Pour obtenir des titres orgueilleux,
Qui faſſent croire un homme merveilleux,
Qui par le ſon, le nombre, l'harmonie,
Ne prêtent rien à la cacophonie;
Et dont le tour, s'il n'eſt éblouiſſant,
Offre à l'oreille un ſens réjouiſſant.
    Tel eſt le choix, où le bon goût éclate,
Que vient de faire un bâtard d'Hippocrate,
Qui ſe prétend plus grand, plus honoré,
De joindre aux noms dont il eſt décoré,
La qualité ſublime & principale
De Médecin & de Docteur de Hâle.
    Si vos eſprits étoient peu diſpoſés
A mettre en jeu les moyens propoſés,
Pour vous produire & briller dans le monde;
Il eſt encore une ſource féconde,
Où vous pouvez puiſer à pleines mains,
Et vers le but vous frayer les chemins,
De vos travaux faites gémir la preſſe.
Que votre verve à créer ne s'empreſſe.
Quelque ſyſtême oublié, rebattu,
D'habits nouveaux par vos ſoins revêtu,
Developpé du ton de l'importance,
Suffira bien en cette circonſtance.
Il eſt toujours de ces infortunés,
Déjà vieillis, avant que d'être nés,
Qu'on peut changer avec une préface,

Ou

Ou rajeunir par une dédicace.

L'essentiel consiste à s'annoncer.

Donnez un livre, & laissez prononcer.

Tout est égal, pourvu qu'on vous affiche,

Et mocquez-vous d'être un Auteur postiche.

Mais si l'élans d'un esprit créateur

Vous permettoit d'être plus qu'Éditeur,

Mettez au jour n'importe quel Ouvrage;

Et que le titre avec son étalage,

Excite en nous le plus grand intérêt.

De mille Auteurs c'est-là tout le secret.

C'est sur ce plan qu'on voit la rapsodie

De l'Écrivain dont la plume hardie   *De Viliers.*

Nous a promis, sur le plus haut des tons,

De *dévoiler les secrets des SUTTONS*,

Lui qui pourtant, comme à son ordinaire,

N'a qu'un peu plus embrouillé le matiere.

De tout Lecteur avide & curieux

Le titre seul a fasciné les yeux.

A la faveur de ce simple prestige,

L'Ouvrage est lu. C'est peut-être un prodige

Auprès des gens qui, par légereté,

Jugent sans lire, ou sans sagacité.

Mais après-tout, quel que soit le mérite

De sa brochure, obscurement écrite,

L'Auteur triomphe; & son but est rempli,

Dès que son nom est tiré de l'oubli.

Tel est celui dont l'adresse animée   *Guimbaut*

Cherche à venger la NATURE OPPRIMÉE

C

Par le tableau de cette oppreſſion,
Portant les cœurs à la compaſſion;
Et ſe guindant ſur ce puiſſant mobile,
Il s'eſt donné pour un Auteur habile,
A dans le monde acquis l'honneur prochain
De ſucceſſeur de Pomme & de Tronchin,
Par ſes talens dans le rôle honorable
De Subſtitut de ce couple admirable;
Et ſon mérite élevé, tranſcendant,
Jouit déjà de tout ſon aſcendant.
N'a-t-il pas ſeul conduit, par ſon génie,
De nos avis la force réunie,
A coopter l'Archiâtre nouveau
Par un Décret ſorti de ſon cerveau?
Quelque Plaiſant lui feroit le reproche
De reſſembler à la Mouche du Coche;
Mais moi, mais moi, dont la ſévérité
Fit de tout temps parler la vérité,
Je vous dirai que ſelon nos maximes,
Nos ſaintes loix, que promulguent mes rimes,
De ſon inſtinct écoutant le penchant,
En vil flatteur, il fit le chien couchant.
Peu délicat ſur les moyens de plaire,
Il prit le train de Courier volontaire;
Alla cent fois de la Meute à Paris;
Et profitant d'un parti déjà pris,
A l'Archiâtre étalant ſes ſervices;
Il ſe vanta, d'après ſes bons offices,
De lui valoir dans notre Faculté.

Le rare honneur d'être si-tôt compté.
D'un Courtisan connoissez la souplesse.
Conformez-vous à son heureuse adresse.
Que la vertu n'aille vous retenir.
Tout est permis à qui veut parvenir.
Mais si vos cœurs privés de l'habitude,
Flottoient encor dans quelqu'incertitude,
Par le tableau de nos nouvelles mœurs,
Je puis bientôt encourager vos cœurs.

CHANT TROISIEME.

Nunc hic dies aliam vitam affert, alios mores postulat.

TERENT. *in Andriâ.*

O POCQUELIN, Auteur inimitable,
De qui la Muſe, en tout ſi profitable,
A nos dépens égaya l'Univers,
Je ne viens point t'invoquer dans mes vers,
Ni t'emprunter un grain du ſel Attique
Qui diſtilloit de ta veine comique.
Un eſprit ſombre, obſervateur peſant,
Oſeroit-il prendre le ton plaiſant?
Je viens plutôt, ſoumis avec décence,
Mettre à tes pieds notre reconnoiſſance.
Tel eſt mon but, que je dois t'avouer:
Tu nous jouas, & j'oſe t'en louer.
Le temps n'eſt plus où montés ſur des mules,
Les Médecins, chargés de ridicules,
Très-gravement promenoient dans Paris
Tant de ſujets de provoquer les ris;
Où leur jargon, hériſſé d'hyperboles,
De mots outrés, de comparaiſons folles,
Sur la ſcience ayant par-tout jeté
Le voile obſcur de la myſticité,

Te fournissoit la plus ample matiere
De régaler Paris à ta maniere :
Maniere unique, & dont tous nos Auteurs
Seront toujours de plats imitateurs.
De ces travers la tache est effacée.
Grace à tes soins, notre honte passée
D'avoir été si souvent outragés,
Cede au plaisir de nous voir corrigés.
Nos vieux défauts étoient si détestables !
Nous n'avons plus que des vices aimables.
Nos Médecins mettant tout à profit,
Au ton du siecle ont monté leur esprit ;
Et de nos mœurs la teinte générale
Illustre enfin la Pourpre Doctorale.

Mais vainement d'un beau zele animé,
Dans un tableau fierement exprimé,
Je vous peindrois l'excellence & l'usage
De ces vertus qui distinguent notre âge,
Si me bornant à de stériles sons,
Je n'appliquois l'exemple à mes leçons.
Et sous quels traits peut être mieux saisie
Ambition, Luxure, Hypocrisie,
Ces grands pivots des mœurs de notre tems,
Que sous les traits de leurs représentans ?
Que dis-je, Amis, ces qualités sublimes,
Dans chaque état paroissant légitimes,
Comment pouvoir dans mes descriptions
Marquer leur classe & leurs distinctions ;
Vous découvrir leurs diverses nuances,

C 3

Sur nos Docteurs peser leurs influences,
Si mes deſſins vagues & généraux.
Ne vous offroient aucun de nos héros ?
Ne faut-il pas qu'à vos penchans fideles,
De tous les goûts vous trouviez dès modeles;
Que votre choix, volontaire & diſtinct,
A la raiſon tienne moins qu'à l'inſtinct ?
C'eſt de ce point que, modernes Théſées,
Pour obtenir des victoires aiſées,
Vous recevrez le fil ſolide & ſûr,
Pour pénétrer dans le dédale obſcur
Des tourbillons où le Docteur clinique,
A la faveur du manteau Galénique,
Prenant le rôle à ſes goûts aſſorti,
De ſes talens fait tirer bon parti.

Tel eſt mon vol au Temple de Mémoire.
Or pour fonder vos ſuccès & ma gloire,
Établiſſons votre conviction.
Dans notre état, qu'eſt-ce qu'ambition ?
Ne craignez pas que preſſé de répondre,
J'aille auſſi-tôt gauchement la confondre
Avec ce vice inquiet, ténébreux,
Qui dans le cœur jetant un trouble affreux,
De vains ſoucis empoiſonne la vie,
Et qui, connu ſous le nom de l'envie,
De la baſſeſſe ordinaire aliment,
Du bien d'autrui fait toujours ſon tourment.
Non, non. Jamais, quel que ſoit le proverbe,
Nous a-t-on vus dans notre rang ſuperbe,

Nous abaisser à nourrir un poison,
Dont la noirceur avilit la raison?
De nos Docteurs cette vertu premiere,
L'ambition, ne fuit point la lumiere,
De leur intrigue anime les resforts,
Et dans le feu de ses nobles efforts,
Voit sans douleur l'or que Plutus dispense ;
Ou les cordons donnés en récompense
Aux noms fameux, aux talens signalés,
Que rarement nous voyons égalés.
Loin d'adopter la haine universelle,
L'ambition se plaît à voir près d'elle
Les fiers rivaux que la vogue & l'honneur
Semblent placer au faîte du bonheur.
Plus ce plaisir renferme de noblesse,
Plus il s'oppose à la moindre foiblesse ;
Et le haut rang où ces mêmes rivaux
Cueillent en paix le fruit de leurs travaux ;
Ne doit paroître, au cœur qui l'envisage,
Que comme un prix offert à son courage,
Comme un degré par où l'ambitieux
Doit s'élever & dominer sur eux ;
Ou si, poussé par des destins contraires,
Désespérant d'avoir sur ses Confreres,
Cet avantage entier & constaté,
Qui détruisant toute rivalité,
Rendroit pour lui la primauté certaine,
Il prévoyoit une chûte prochaine ;
Il faut au moins, par un courage égal,

C 4

Dans ces revers embraſſant ſon rival,
Qu'en entraînant celui qu'il perſécute,
Un ſort commun ennobliſſe ſa chûte.

    De ce ſyſtême, inné dans un grand cœur,
A qui jamais l'art ſublime & vainqueur,
Le vrai ſecret & le charme ineffable,
Toujours actif, toujours inépuiſable,
Fut-il connu, fut-il mieux dévoilé
Bouvart Qu'à ce Docteur, dont le front étoilé,
Le maintien ſimple & le ton deſpotique,
La voix ſi douce & l'humeur ſi cauſtique,
Dans des remords le cœur enorgueilli
D'une vertu qui n'a jamais failli,
Forment l'enſemble, où le plus grand modele
S'offre à vos yeux pour ſeconder mon zele ?
Cet homme, entier dans ſes opinions,
D'un Dictateur a les prétentions,
Et de tout temps ſa morgue ſouveraine
Sur ſes égaux convoita tout domaine.
Suivons ſa marche, & d'objet en objet,
Examinons ſon plus hardi projet.
Au premier bruit d'un peu de renommée,
A peine il eut l'oreille accoutumée,
Que l'amour-propre, aiſément réveillé
Par les plaiſirs dont il eſt chatouillé,
A ſon orgueil ſervant de microſcope,
Lui fit d'abord tirer cet horoſcope.
» Par la faveur d'un Public inconſtant,
» Je ſuis déjà dans un rôle important;

» Je veux fixer sa faveur passagere :
» C'est le parti que mon cœur me suggere,
» Oui, je consens à me voir détesté,
» Si je deviens puissant & redouté.
» A mon égard qu'aucun ne se contraigne.
» *Soyons haïs, pourvû que l'on nous craigne.*
» C'est ma devise, & par cet heureux choix,
» Sur mes rivaux j'assurerai mes droits ».
Elans sublime ! admirable prudence !
Tout, à son gré, suivoit sa prévoyance ;
Et parmi nous, soit force, soit erreur,
Tout fomentoit la haine & la terreur,
Uniques vœux que cette ame céleste
Avoit formés dans son rêve modeste ;
Quand du milieu de ces jeunes essaims,
Incorporés parmi nos Médecins,
S'éleve un homme, un génie, un prodige,
Qui dans notre art ôte, ajoute, rédige,
Et vient fonder sa réputation
De Médecin par *expectation.*
Observateur des loix de l'Egoïsme,
Maître passé dans le Charlatanisme,
Par le traité de ses différens Pouls ;
En politique il nous surpasse tous,
Et sa doctrine attaquant la saignée,
Pour plaire mieux, l'eût bientôt éloignée.
Qu'arriva-t-il ? Des hommes de tout rang,
Poltrons peut-être, avares de leur sang,
Peu faits sur-tout pour juger ces merveilles,

N'en ont pas moins étourdi nos oreilles ;
Et célébrant les hauts faits du Tâteur,
Ont éveillé notre faux Dictateur.
Ce qui déplut à sa délicatesse,
Ce fut de voir mainte & mainte Comtesse,
N'entendant rien au terme de Nazal,
S'extasier au nom de Pouls ventral ;
Dans l'homme au pouls croyant trouver sans doute
Le seul mortel qui reconnût la route
Et le foyer de ces besoins pressans,
Qui réprimés, & toujours renaissans,
Donnant aux nerfs une roideur trop forte,
De leurs vapeurs font la cause & l'escorte ;
Espérant bien de voir en tout exact
L'homme doué d'un si merveilleux tact.
Mais un voyage aux confins de la France,
Fait à la hâte, & payé par avance,
Où le malade allant chercher de l'eau,
Chemin faisant, rencontra son tombeau ;
Où les bijoux & l'or de la cassette
Furent, dit-on, divertis en cachette ;
De l'accusé la déclaration,
Qui, sans nier la spoliation,
Changeant deux fois de plan & de contexte,
En prétendoit, par un double prétexte,
Autoriser la régularité,
Sans altérer sa tendre probité ;
Tous les faux bruits, suite si nécessaire
Pour embrouiller la chose la plus claire,

Vinrent enfin confoler le grand cœur
Du détefté qui craignoit un vainqueur.
Or vous jugez, d'après cette trouvaille,
De quelle ardeur il s'intrigue, il travaille
A profiter de ce voyage heureux,
Pour écrafer ce rival dangereux.
Sa politique éclairée & fubtile,
Fuyant l'éclat, ne cherchant que l'utile,
A d'autres mains remet fes intérêts ;
Et feul moteur de ces complots fecrets,
D'agens obfcurs guidant le miniftere,
Tire fur lui le rideau de myftere.
Notre *Expectant*, furpris, humilié
Qu'on rappellât un voyage oublié,
Cherche d'abord d'où lui vient cet orage.
Déconcerté, peu fûr fon courage,
Doutant fur-tout des faveurs de Thémis,
Il a recours au bras de fes amis ;
Et la beauté, dont il connoît les charmes,
L'eut à fes pieds dépofant fes alarmes.
Dans ce conflit tout étoit hafardeux :
L'évenement les accorda tous deux.
Ces fiers rivaux, à ce que dit l'hiftoire,
Ont partagé le prix de la victoire,
Et dans le monde ils ont gagné le nom,
L'un de méchant, & l'autre de
   Cette vertu, dont la fublime audace
Prête à nos cœurs un effor efficace,
N'a pas toujours un objet, défigné.

C 6

L'ambitieux, noblement indigné
Que le talent dont il fe glorifie
Demeure obfcur, & qu'il ne fructifie,
S'en prend à tous de l'efpece d'oubli,
Où le Public le laiffe enfeveli ;
Mais fi jamais la faveur populaire
Daigne lui tendre une main tutélaire,
Et qu'une fois appellé pour autrui,
Quelques Docteurs confultent avec lui,
Il peut alors, dreffant fes batteries,
Donner carriere à fes fupercheries,
Et diriger contre les Confultans
Des coups plus fûrs & des traits plus fanglans.
Sans vous marquer la forme politique
Qui doit régler cette fage pratique,
Voyez plutôt ce Docteur empefé,
Toujours pimpant, toujours adonifé,
Dont le col roide entre fes omoplattes,
Semble fixer fa tête avec des lattes,
Tant il a peur qu'un petit mouvement
De fes atours n'ôte l'arrangement,
Et fa perruque, ample & fymmétrifée,
N'en fouffre au point d'être un peu défrifée.
Près du malade écoutez ce Docteur
S'évertuer dans fon art enchanteur,
Et d'une voix traînante & fépulchrale
Développer la pompe magiftrale.
N'exiftât-il dans le cas préfenté
Qu'un choc léger qu'éprouve la fanté,

D'un petit mal la moindre particule?
C'est à ses yeux un des travaux d'Hercule.
S'agira-t-il d'un fait grave & connu,
Duquel, sans lui, l'on seroit parvenu
A maitriser la cause & les symptômes?
C'est au plus mince, au dernier des atômes
Que l'on le voit aussi-tôt s'accrocher ;
C'est à lui seul qu'il va tout reprocher :
Et dans un conte inutile au malade,
De sa trouvaille il va faire parade.
Mais, direz vous, disserter pesamment,
Du but réel s'éloigner sciemment
Avec l'astuce au rôle accoutumée,
C'est ne donner qu'une ombre de fumée.
Apprenez donc à quel heureux produit
Directement ce parti vous conduit.
Au premier cas, la réussite est sûre ;
Vous l'emportez sur celui qui rassure,
Tant la frayeur donne à l'humanité
De la tendance à la crédulité !
Dans le second, votre faux étalage
Sur le passé jette un épais nuage.
On ne sait plus si les premiers succès
Sont dûs à l'art, où sont d'heureux essais.
Le charme opere, & bientôt on décerne
Au Discoureur le nom d'Argus moderne.
Les Consultans, éconduits, mal payés,
Laissent alors tous les chemins frayés,
Pour obtenir une gloire rapide

Que n'atteint pas l'esprit le plus solide.
De ce Docteur tel est le vrai talent,
Et c'est pour vous un modele excellent.
Il vous suffit. Je puis, sans négligence,
Abandonner à votre intelligence
Le résultat de plusieurs autres traits,
Qui formeroient de semblables portraits.
Il n'en est qu'un que vous-même peut-être
Pourriez un jour me reprocher d'omettre,
Modele unique, exemple illimité
De prévoyance & de dextérité.
De vous guider quel fut jamais plus digne?
Vous entendez, sans que je le désigne,
Cet homme droit, & de l'honneur jaloux,
Qui s'avouoit cousin de l'homme au Pouls,
Tant qu'au progrès de sa vogue naissante,
Cette alliance étoit indifférente.
Mais le cousin vint-il de voyager,
Et parmi nous fallut-il le juger?
Pour affermir son ame timorée,
La parenté fut bientôt abjurée.
De ses talens profitez, s'il se peut:
N'est pas toujours aussi rusé *qui veut.*

Quels nouveaux traits, dont mon sujet abonde,
Ont ébloui ma Muse pudibonde!
Quel feu m'anime & vient de me saisir!
Mon ame s'ouvre à l'attrait du plaisir:
Attrait charmant, dont l'aimable secousse
Au vrai bonheur nous excite & nous pousse.

Je cede enfin. Le trouble de mes fens
Ajoute encore au tranfport que je fens.
A ce plaifir, cette volupté pure,
Reconnoiffez la vertu de luxure.
Mais je me trompe. Une groffiere erreur
De mon ivreffe étoit l'avant-coureur.
Dans mes leçons je n'ai point à décrire
Tous ces écarts d'un amoureux délire ;
Ces vifions, ces vains épanchemens,
D'un cœur épris ces fots raviffemens.
Laiffons Colin aller fur la fougere
Avec extafe embraffer fa Bergere,
Et lui jurer une fidélité
Qu'il doit garder avec févérité.
Laiffons en paix cette Beauté novice,
De fes faveurs faire le facrifice,
Et dans les bras d'un amant adoré,
Mourir d'amour & revivre à fon gré.
Des Celadons c'étoit la regle antique.
Mais la vertu, dont le panégyrique
Eft aujourd'hui mon objet principal,
A pour fon but le plaifir général,
Et des amours corrigeant le coftume,
A retranché de la vieille coutume
Tous ces délais, ces foupirs langoureux ;
Fruits fi communs de l'empire amoureux :
Elle ramene enfin la créature
Aux premiers droits de la fimple nature,
Voulant toujours que les defirs formés

Soient fatisfaits, auffi-tôt qu'exprimés.
Comme l'ufage éteint leur véhémence,
Tout traité ceffe où le dégoût commence.
Un plus grand bien eft par nous introduit.
Grace à nos mœurs notre Corps a produit
Deux demi-Dieux, vrais modernes Hercules,
Qui fe ruant fur ces animalcules,
Dont la morfure avoit jufqu'à ce jour
Empoifonné les agens de l'amour,
Ont découvert la véritable égide,
Qui nous défend de leur dent homicide.
Des deux Héros la générofité
Montre à l'envi leur tendre humanité.
L'un, inventeur de cette eau falutaire
Qui nous préferve, aux rives de Cythere,
De l'air impur qu'on refpire en ces lieux;
Malgré l'afpect le plus délicieux,
Pour mériter entiere confiance,
Sur fa perfonne en fait l'expérience,
Et par témoins, garants de fes effais,
Fait conftater fes pudiques fuccès.
Ne croyez pas qu'une fimple grimace
Du fait réel ait occupé la place.
Tranfportons-nous aux temples de Cypris,
Où fes faveurs s'obtiennent à tout prix;
Où fes autels, fumans de facrifices;
Ne font dreffés que fur des précipices;
Où tout eft peint fous de fauffes couleurs;
Où les ferpens font cachés fous les fleurs;

Où des plaisirs l'amorce enchanteresse
N'est plus qu'un piege offert par la Prêtresse;
Où l'encens pur qu'on brûle sur l'autel,
Est échangé contre un poison mortel;
Où les Amours n'ont qu'une horrible escorte;
Où les remords attendent à la porte.
Vous y verrez ce sublime Docteur,
Se présenter en sacrificateur,
Offrir son cierge, & dans ces Lupercales,
Choisir pour lui les vases les plus sales.
L'autel est prêt. Certaine ablution
Sert de prélude à l'immolation :
Pour écarter tout doute légitime,
Un flambeau luit autour de la victime;
On cherche en vain si le couteau sacré
Du lieu prescrit ne s'est pas égaré.
Les spectateurs surpris de son courage,
En frissonnant, admirent son ouvrage :
Et désormais sur ce fait constaté
De leurs plaisirs fondent la sûreté.
   Dans notre Corps l'autre nouvel Hercule,
Qui du premier le disciple & l'émule,
Sous ses drapeaux a long-temps combattu,
Ne paroît pas avec moins de vertu.
Loin d'étouffer dans un lâche silence
De ses talens la suprême excellence,
Dans ses écrits il ne se borne pas
A célébrer la vigueur de son bras,
Pour terrasser l'hydre syphilitique;

Il donne encor ce beau prophylactique,
Ce grand fecret que fon Maître inventa,
Et qu'en public il expérimenta.
Convenons-en. Sa modefte Brochure,
Ce MANUEL, que l'efprit de luxure
Dans fon vrai ftyle a lui-même dicté,
Eft un préfent fait à l'humanité.
Rendons hommage au fecret qu'il publie,
Avec Cypris il nous réconcilie.
Nous pourrons donc, au gré de nos defirs,
Sacrifier à de nouveaux plaifirs,
Nous y livrer fans frayeur & fans honte,
Et dans Paris retrouver Amathonte.
    Fruftré d'un gain fondé fur le fecret,
Laiffons le Maître exhaler fon regret,
Et déclarer fon Difciple infidele ;
Sans décider leur augufte querelle,
Paifiblement fongeons à profiter
Du bien commun qui vient fe préfenter.
Si déformais votre induftrie active
Veut trafiquer en *Eau préfervative*,
Et du Commerce étendre les objets,
En citoyen j'adopte vos projets ;
Mais toutefois, parmi vos pacotilles,
Gardez-vous bien d'en porter aux Antilles,
Qu'auparavant chacun n'ait confulté
Le nouveau Chef de notre faculté. *

* J'écris en Decembre 1774.

A fes dépens, expert fur la matière,
Il vaut lui feul toute l'Ecole entiere;
Et fon avis peut le mieux éclaircir
Ce beau négoce & l'art d'y réuffir.

De ces vertus fi la célefte flâme
Ne trouve point leur germe dans votre ame,
Que vous n'ayez ni cœur ambitieux,
Ni de nos jours le goût luxurieux ;
Diffimulez ; & que l'hypocrifie
Devienne alors votre vertu choifie.
Non ; ce n'eft point un rôle à vous gêner,
Qu'en maître dur je prétends vous donner.
En vous offrant des exemples d'élite,
Vous apprendrez que le mafque hypocrite
A nos penchans n'eft jamais oppofé ;
Le penchant refte, il n'eft que déguifé.
Mais le fuccès bientôt nous dédommage
De nous montrer fous un faux perfonnage.
Or ce fyftême, avec foin combiné,
Sous trois afpects peut être examiné.
Ou vous prendrez une marche directe,
Qui vous dévoue au parti d'une fecte ;
Ou la morale, admife à vos difcours,
Avec vos mœurs contraftera toujours ;
Ou vous voudrez cacher votre ignorance,
En étalant la ftérile abondance
De ce fatras de vains médicamens,
Qui du malade augmentent les tourmens.
Au premier rang de ce tableau fidele,

Dorigni. Remarquez bien ce merveilleux modelé,
Par qui l'air libre, adroitement frolé,
Entre fes dents rend le R très-roulé.
Il ne verroit voler fa renommée
Qu'en une fphere à l'étroit renfermée,
Si le mérite étoit le feul moteur
Qui rapportât la gloire à fon auteur.
Mais affublé du manteau Janféniste,
Tous les talens le fuivent à la piste;
Et le parti du Saint Diacre Pâris
Fait de fon nom retentir tout Paris.
Adopte-t-il cette abfurde héréfie ?
Non. De fa part ce n'est qu'hypocrifie.
Et le motif en est bientôt déduit.
Sous cette forme il s'affure un produit.
Il participe à la menfe fecrette
De ce tréfor nommé *Boëte à Perrette.*

Thietti de Buffi. Pour Molina décidé par hazard,
Un autre ailleurs affecte le Cafard,
Et ce n'est point en grimaces badines.
Il voit admis chez des Vifitandines
Un Médecin par an stipendié ;
» Tâchons , dit-il, qu'il foit congédié ».
Sans fe connoître au petit catéchifme,
Il l'ofe ici taxer de Janfenifme,
Ecrit à Rome , & par autorité
Se fait placer au poste convoité.

Le fecond genre offre les mêmes traces.
Rappellez-vous avec combien de graces

Certain Docteur frondoit dans son discours
L'attachement aux profanes amours,
Et de nos mœurs déplorant la licence,
Aux Bacheliers prêchoit la continence.
La bonne foi, le zele, la candeur,
Excitoient-ils la voix de ce frondeur?
Non. On savoit que ses mœurs libertines
Ne suivoient plus des routes clandestines,
Faisant chez lui, pour une autre Phryné,
Tout ce qu'en Chaire il avoit condamné.
Mais il croyoit qu'un langage hypocrite,
Dans ses débris, plâtreroit son mérite;
Comme il a cru, par un certificat,
De son honneur mondifier l'éclat:
Certificat que, crainte de reproche,
Journellement il porte dans sa poche.
   Du même ton célebrons l'équité
Du Neustrien ailleurs déjà cité.
Dans tous les points il est un si grand maître!
Le juste orgueil du sang qui l'a fait naître
N'empêche pas que ce noble Docteur
Des roturiers ne soit le serviteur.
Un de ceux-ci, têtu des plus ignares,
Près d'un Chymiste ayant porté ses Lares,
Et pour ses Dieux fait changer à grands frais
Une masure en superbe Palais,
S'imagina que le Laboratoire
Avoit blessé son organe olfactoire.
Brisons, dit-il, matras, creusets, fourneaux,

D'un art magique inftrumens infernaux.
Cet homme-là n'aimoit pas la Chymie.
Et tout-à-coup la traitant d'ennemie,
De la chicane allumant le fanal,
Traduit l'Artifte à notre Tribunal.
Le Neuftrien voulut avoir fon rôle,
Lui qui jamais de la falubre Ecole
Ne vifitoit les antiques parois
Que quand fa main y percevoit fes droits ;
Du complaignant délicat Emiffaire,
Y vint briguer l'emploi de Commiffaire,
Pour décider la conteftation
Sur les effets de l'émanation.
En connoiffeur des raifons des Parties,
Et du local d'où les vapeurs forties
Juftifieroient le Chymifte innocent,
Ou pourroient nuire au Roturier puiffant;
Il fe préfente, & l'ordre hippocratique,
Par bienféance admettant fa fupplique
Au rang fameux de Juge-Rapporteur,
Plus que cinquieme éleve ce Docteur,
On examine, on pefe avec prudence.
Le réfultat eft que la réfidence
De l'honnête homme, Opérateur inftruit,
Soit refpectée , & rien n'y foit détruit;
Que c'eft à tort qu'on craint que l'atmofphere
Ne fe chargeât d'un efprit *déletere*,
D'où le voifin fût en droit d'exiger
Que le Chymifte eût à déménager,

A cet avis le Noble feul s'oppofe.
Sur fes motifs on a fait mainte glofe ;
A fa conduite, au manege employé,
Par l'homme riche on l'a cru foudoyé.
Mais fagement il mafque une ame avide
Sous les dehors d'une vertu rigide.

Au dernier rang vous ne voyez briller
Que gens obfcurs, & faits pour grapiller ;
Qui, pour pouffer leur vogue rétrécie,
Ont adopté la Polypharmacie,
Craignant par-tout qu'un malade inquiet
Ne les jugeât au bout de leur rôlet,
Si chaque fois leurs plumes toujours prêtes
Ne griffonnoient de nouvelles recettes.
Je n'irai point, peintre faftidieux,
De leurs portraits vous fatiguer les yeux.
Vous les verrez, à leur mine affamée,
Mefquinement traîner leur renommée,
Et vous pourrez, copiftes abufés,
Les imiter dans leurs moyens ufés.
Laiffons leur rôle, & d'une aîle rapide
Volons au but, c'eft-à-dire, au folide.

CHANT QUATRIEME.

Aurum fpectato, non quæ manus afferat aurum.
PROPER. *lib.* 4, *Eleg.* 5.

Solemnisons le fiecle fortuné,
Qui de tout tems nous étoit deftiné;
Où la morale, à l'aife pratiquée,
Par la raifon n'eft plus fophiftiquée;
Où nos penchans font feuls interrogés,
Et de l'honneur narguent les préjugés,
Où nous voyons la race Galénique
Remplir fon but avec un zele unique.
   Peut-être, amis, me demanderez-vous
Quel eft ce but fi fameux parmi nous ?
Réfléchiffez au grand fens qu'il renferme.
C'eft de notre Art le mobile & le terme ;
L'aiguillon feul de toutes nos vertus,
C'eft en un mot les faveurs de Plutus.
N'attendez pas que la rage d'écrire,
Prolixement me porte à vous décrire
Le haut degré de la néceffité
D'atteindre un jour au but que j'ai cité.
Des courtifans de l'aveugle Déeffe
Si je vous peins mainte & mainte proueffe

Pour

Pour parvenir à ce but defiré,
Sur leurs moyens votre esprit éclairé,
Des procédés goûtant la conféquence,
Préférera l'exemple à l'éloquence.
Suivons cet ordre, & commençons ici
Par raffembler le tableau raccourci
Des qualités, des dons préliminaires,
Pour s'éloigner des routes ordinaires,
Et devenir, des plus zélés Docteurs,
En fait d'adreffe, heureux imitateurs.
Que voyons-nous fur la fcene commune,
Sur ce théâtre où l'on tente fortune ?
Art agréable, efprit, ton complaifant,
Menfonge adroit, fyftême féduifant,
Soins affectés, promeffes inutiles,
Morgue, refus, inventions futiles,
Et tour-à-tour, pourvu qu'on foit payé,
Tout a fa place & fe trouve employé.
A quelque excès que votre ardeur vous porte,
Extravagant, mal-honnête, n'importe :
Tout rôle eft bon, pourvu que le fuccès
Vers la fortune affure un libre accès.
Mais regardez avec des yeux avides
Tout fuccès nul, qui laiffe les mains vuides.
De cet avis foyez bien convaincus,
Cherchez l'honneur, mais après les écus.
Faut-il un type à votre intelligence,
Voyez la foule aller en diligence
Solliciter Nonettes, Magiftrats,

D

Chefs de Bureau, Moines, Curés, Prélats ;
Faire cabale à la Cour, à la Ville,
Montrer par-tout une ame baffe & vile,
Pour obtenir le pofte délaiffé
Par un Confrere à peine trépaffé,
De qui jamais on n'a garde d'attendre
Qu'un plus long terme ait refroidi la cendre ;
Et dont fouvent on voudroit hériter,
Quoique fon cœur puiffe encor palpiter.
Bien plus, l'adroit, le profond politique
Hâte fa marche ; & le moment critique
Où le Confrere, en paffant chez les morts,
Laiffe aux vivans redoubler leurs efforts,
Ne furprend pas fa prévoyance active
Pour s'affurer la place lucrative.
Il prend l'avance à s'intriguer, prier,
Faire fa cour aux gens à baudrier,
Intéreffer le Valet, la Maîtreffe,
Pour arracher l'équivoque promeffe
D'être pourvu de l'emploi demandé,
Le Poffeffeur n'étant pas décédé.
Voilà l'efprit de votre premier rôle ;
Qu'il foit toujours votre unique bouffole.
Pour applànir en tout votre travail,
De la pratique entrons dans le détail,
Auprès des Grands voulez-vous que l'entrée
Vous foit facile & toujours affurée ;
Que votre nom, prôné de tous côtés,
Soit précieux à toutes nos Beautés ;

Que maint Courier, heurtant d'une main forte,
Et des chevaux piaffant à votre porte,
Tout le quartier éveillé par le bruit,
En vous donnant au Diable chaque nuit,
Répande au loin combien il est commode
D'être voisin du Docteur à la mode;
Que l'or sur-tout (n'oublions pas ceci)
Roule chez vous autant qu'à Potosi?
Sans m'aveugler par un excès de zele,
En mon ami je vous offre un modele.
Par deux coursiers rapidement traîné,
Dans tous Paris sans cesse promené,
On se l'arrache, il ne sauroit suffire
Aux rendez-vous où chacun le desire;
Et pour la Cour appellé quelquefois,
Met, en partant, cent Belles aux abois.
D'où lui viendroit sa vogue fortunée,
Et du Public la faveur obstinée?
D'où? De son ton, de ce ton enchanteur,
Toujours poli, quoique souvent menteur;
De ses propos d'où la raison déloge,
Mais qui toujours renferment un éloge,
Dont le parfum, bien ou mal adressé,
N'en plaît pas moins à l'objet caressé.
On siffle, on ouvre, on annonce, il arrive.
Que chacun prête une oreille attentive.
» Pardon, Madame, ah ! je suis confondu;
» Cent fois pardon, vous m'avez attendu.
» Je viens de voir deux Ducs, une Comtesse,

D 2

» Un Maréchal & certaine Duchesse,
» Dont les discours, longuement ennuyeux,
» M'ont ce matin fait périr à ses yeux.
» Je n'en puis plus. Mais vous êtes charmante!
» Malade douce, aimable, intéressante,
» Et près de vous je suis dédommagé
» De tout l'ennui dont on m'a surchargé.
» De vos vapeurs éloignons donc les causes.
» Tâtons le pouls. L'aurore aux doigts de roses,
» De ce beau bras envieroit la blancheur.
» Et votre bouche? O ciel! quelle fraîcheur!
» Jamais Hébé ne l'eut aussi vermeille.
» Les belles dents! Vous êtes à merveille.
Il continue, & d'un air enjoué,
De point en point tout se trouve loué.
Du même ton je crois l'entendre encore
Vanter l'esprit d'une franche pécore
Qu'il ne voyoit que du premier instant.
Dans l'art de plaire il est toujours constant,
Il est divin. Voyez comment il cede
A tout venant qui propose un remede.
Une commere, un demi-connoisseur,
Jamais en lui n'ont trouvé de censeur.
Eaux, bains, saignée, apozeme, clystere,
Tout ce qui plaît est jugé salutaire.
Il applaudit, & pour les voir suivis,
Selon les goûts, il regle ses avis.
Ce n'est qu'ainsi que, toujours agréable,
Toujours fécond & toujours plus aimable,

Chéri, fêté des Belles & des Grands,
De la fortune il eſt aux premiers rangs.
　Un cœur rétif au commerce des Belles,
L'eſprit novice en propos des ruelles,
D'un autre rôle exigent-ils le choix ?
Adreſſez-vous aux Miniſtres des Rois.
Sous les dehors d'amour de la Patrie,
Déguiſez-leur votre avide induſtrie.
Offrez des plans, des ſyſtêmes nouveaux,
Qui façonnés au creux de vos cerveaux,
D'utilité préſentant l'apparence,
Ne ſoient pour vous qu'un objet de finance,
Et ne cherchez, dans vos inventions,
Qu'un produit net en bonnes penſions.
De ce conſeil la ſageſſe efficace
Dans votre cœur a déjà trouvé place,
Et juſtement je vous vois remarquer
Le vrai Patron que j'allois indiquer.
L'activité de ſon feu politique
Depuis long-temps l'a rendu preſque étique.
Mais, comme lui, croyez ſans balancer
Que s'enrichir vaut bien mieux qu'engraiſſer.
Or, pour remplir cette premiere tâche,
Tous ſes filets ſont tendus ſans relâche.
Fin Courtiſan, un air myſtérieux
Dans tous les points le compoſe à nos yeux.
Nous le voyons, pour comble de prudence,
Juſqu'à *bon jour*, tout dire en confidence ;
Ou quelquefois ſes mots entrecoupés

D 3

Laiſſent un louche à nos eſprits frappés,
Tandis qu'ailleurs, ce qu'on croit manifeſte,
Eſt à la fin obſcurci par le geſte.
Ainſi muni de circonſpection,
Et de ſoupleſſe & de diſcrétion,
Il ne manquoit à notre politique
Qu'une reſſource, une trouvaille unique,
Dont le preſtige allumât dans les cœurs
L'heureux eſpoir d'adoucir nos malheurs;
Et qu'à ce titre une main protectrice,
En accueillant le prétendu ſervice,
A ſon auteur décernât promptement
La récompenſe acquiſe au vrai talent.
O temps ! ô mœurs ! ô fortune! ô ſurpriſe !
Tel fut l'effet de ſa haute entrepriſe.
Pour réuſſir, un des premiers beſoins,
Dans ſa recherche, eſt l'objet de ſes ſoins.
A mille écueils que les mortels avides
Vont affronter ſur les plaines liquides,
Se joint la ſoif, indomptable fléau,
Quand le Marin, quoiqu'environné d'eau,
De ſes boiſſons ayant tari la ſource,
Nouveau Tantale, expire ſans reſſource.
Notre Chercheur eût voulu pour cela,
Comme Moyſe, au déſert de Mara,
Par certain bois plongé dans l'eau mal ſaine,
Rendre à la mer une douceur ſoudaine;
Ou d'Elyſée étant l'heureux écho,
D'une fontaine auprès de Jéricho

Avec du fel corrigeant l'amertume,
Oter aux flots leur fiel & leur bitume,
Et préfenter au Marin altéré
Une eau falubre & potable à fon gré.
Mais ce Docteur n'eft pas homme à miracle ;
Et dans ces faits trouvant plus d'un obftacle,
Sur l'alembic aufli-tôt s'eft jeté.
Du Dieu des Mers l'humide Majefté,
Tranquille au fein de fes grottes profondes,
Voit en riant qu'on tourmente fes ondes,
Et du projet jugeant par l'appareil,
Nargue l'Auteur & tout autre pareil.
Ce ris malin n'a rien qui l'embarraffe ;
Il fait fi bien que les hommes en place,
Pour être vains, puiffans, ou glorieux,
N'en jugent pas comme jugent les Dieux!
Encouragé par cette perfpective,
Notre Docteur pourfuit fa tentative,
Et par un Grand puiffamment fecondé,
Fait adopter fon nouveau procédé.
Son procédé ! Sans talent, fans génie,
Aux qualités que le Ciel lui dénie,
En plagiaire il avoit fuppléé.
Critique-t-on le projet agréé?
Un Cenfeur jufte, honnête Apothicaire,
Par la puiffance eft forcé de fe taire,
Quand les emplois, les richeffes, l'honneur,
De leur éclat parent le faux Auteur.
  C'en eft affez fur cette politique,

D 4

Qu'ici pour vous j'appellerai publique ,
Par le rapport direct & principal
Qu'elle nous montre au bonheur général.
Il en est une inconnue & cachée,
Au bien d'un seul proprement attachée.
J'allois moi-même, en Précepteur subtil ,
De ses détours vous présenter le fil ,
Quand ma mémoire, exactement fidelle ,
M'en a d'abord indiqué le modele.
Vous connoissez ce premier Empereur ,
Victime, hélas! de l'injuste fureur
Que fit paroître un Sénat sanguinaire ;
Vous connoissez cet Ex-Missionnaire ,
Qui du martyre abjurant le hasard ,
De notre Ecole a suivi l'étendard ;
Cet homme grand , à la démarche lente ,
Au regard sombre, à l'ame pétulante,
A l'air pensif, ou fatigué d'ennui;
Vous le voyez, c'est lui-même ; c'est lui.
Sa vigilance attentive , assidue ,
Pour ses Cliens n'est jamais suspendue ;
Tant que, l'espoir animant ses efforts,
Il croit soustraire à l'Empire des morts
Ces malheureux, dont la santé lésée
Offre à la Parque une conquête aisée.
Mais dès qu'il voit, par des signes certains,
Qu'il faut céder à l'ordre des Destins,
Et que celui dont il soutenoit l'être ,
Devant Minos doit bientôt comparoître ;

Craignant alors qu'avec malignité
L'événement ne lui fût imputé,
Du moribond redoutant les reproches,
De son logis il fuit jusqu'aux approches,
Et simulant un mal qu'il n'eut jamais,
Garde son lit, & l'autre meurt en paix,
Si quelqu'humain, avide ou charitable,
Dans ces instans n'aide ce misérable.
Ne croyez pas que manquant son vrai but,
Notre Docteur perde ainsi le tribut
Qu'on doit aux soins des Suppôts d'Esculape.
Ciel ! est-ce à lui que cet objet échape ?
Non, non : d'avance il regle son marché;
Par le trépas rien n'en est retranché.
Le faux malade attend ses représailles,
Et reparoît après les funérailles.
  Si les marchés étoient de votre goût,
Pour en conclure, imitez bien sur-tout *Berchet.*
Ce fin Docteur, ce madré, ce grand homme,
Qui pour trois nuits qu'il passe au *Nosocome,*
Pour voir trois fois les Pauvres en trois ans,
Se fait compter douze bons mille francs;
Et profitant, par esprit d'Egoïsme,
Du temps propice, où l'heureux despotisme
De nos François violant tous les droits,
Sacrifioit les hommes & les Loix,
S'offre à remplir les fonctions séveres
De Surveillant de ses propres Confreres.
Je le fais bien. Honni, vilipendé,

D 5

D'aucun de nous il n'eft plus règardé ;
Et quand Louis, en prenant la Couronne,
Eut avec lui fait affeoir fur le Trône
La bienfaifance & fur-tout l'équité,
Gages certains de la félicité
Dont fa belle ame aime à combler la France ;
Que de Thémis on eut vu la balance
Rendue aux mains dignes de la tenir ;
Des Protecteurs qui l'ofoient foutenir,
Privé d'abord par le pouvoir fuprême,
Cet homme, hélas ! s'eft vu chaffer de même.
Oui, mais qu'importe ? Il a toujours reçus
En beaux deniers fes quatre mille écus.

Dans vos marchés fi trop d'éclat vous bleffe.
N'en concluez qu'avec art & foupleffe ;
En tête-à-tête expliquez vos moyens,
Et cachez-vous à vos Concitoyens.
Telle eft la marche & la nouvelle allure
Que prend cet homme à fuperbe encolure,
Vafte génie, au fublime appliqué,
Et de Ferrein le fucceffeur manqué.
Avec fineffe ajuftant fes paroles,
Il fe préfente à nos Pharmacopoles ;
Et d'un ton bas, l'air défintéreffé,
A chacun d'eux peint fon zele empreffé ;
Pour l'honorer de la prérogative
D'avoir feul droit à la vente exclufive
Des lavemens, tifanes, potions,
Pilules, fels & fomentations,

Syrop, julep, élixir, ou collyre,
Que dans Paris il viendroit à prescrire,
Promettant bien, par rufe ou par crédit,
De jour en jour d'en enfler le débit.
Pour terminer le marché qu'il propofe,
Il vient enfuite à fa derniere claufe,
Et doucement fait entendre avec art
Qu'au bénéfice il voudroit avoir part.
Du même Auteur la merveilleufe adreffe
Nous offre encore un trait de même efpece,
Qui doit ici vous être préfenté,
Tant notre but s'y trouve refpecté !
L'Antiquior de la falubre Ecole,
Pour mes leçons, loin de fournir un rôle
Paifiblement, chargé d'ans & d'honneur,
Fut s'endormir dans le fein du Seigneur.
De mon Héros l'habitude intrinfeque
Lui fit jeter fur fa Bibliotheque,
De convoitife un regard animé,
Et dans l'inftant fon projet fut formé.
A fon tarif il eftime les livres ;
A l'héritiere il offre trois cents livres.
On eft d'accord ; les livres font reçus.
En vain la veuve attend les cent écus.
L'impatience excite fa demande.
Notre acheteur auffi-tôt la gourmande,
Et ce rufé, qui n'avoit vifité
Que comme intrus le vieillard regretté,
Ofe répondre en paroles très-claires

Qu'il retient tout pour prix de ses salaires.
Dans ce commerce un esprit cultivé,
Au plus grand rôle est bientôt élevé.
On peut alors, sûr de sa hardiesse,
Livrer son cœur à toute autre prouesse,
Et parvenir, par des coups différens,
A supplanter les plus fiers concurrens.
C'est le chef-d'œuvre, & pour la réussite,
La fourberie est le premier mérite.
L'avidité nous suggere toujours
Des plans d'attaque & d'assez jolis tours.
L'occasion en dirige l'usage,
Et par l'exemple, on acquiert le courage.
Remarquez donc avec quelle chaleur
Cet élégant, ce doucereux parleur
Sait profiter, pour son but Galénique,
De ses talens dans l'usage harmonique
Du tuyau creux, aux sons doux & légers,
Imaginé par le Dieu des Bergers.
A la faveur de cette mélodie,
Ressuscitant une oreille engourdie,
Il s'introduit près des cœurs langoureux,
Pour chatouiller leurs tympans vaporeux,
Et son langage aidant à l'entreprise,
Notre Flûteur enfin s'impatronise.
Moi-même, ici j'oserai me citer,
Ne dois-je pas au talent de chanter,
A ma voix tendre, & flexible & légere,
Le doux accueil de plus d'une Bergere,

Dont le cœur fier, amolli par mes fons,
Prenoit de moi d'amoureufes leçons;
Tout cede enfin au plaifir de m'entendre.
A quels fuccès ne puis-je pas prétendre,
Si de mon fang la brûlante chaleur,
Si de mon teint l'effroyable couleur *
Ne couve un mal dont le funefte germe
De ma jeuneffe accélere le terme.
    Vous admirez cet emploi des talens.
Il eft encore des tours plus excellens.
Leur nombre étonne, & tout l'art des Pirates
N'offrit jamais aux ames fcélérates,
Dans fes hauts faits & fes plus grands exploits,
Rien qui valût nos maneges adroits.
D'avidité leur fouvenir m'embrafe,
Mais écartons une inutile emphafe,
Pour en peindre un, l'objet de mes amours,
Un tour unique, & le phénix des tours.
Nous le devons à ce Docteur agile
Qui fautillant parcourt toute la Ville,
Et dont le nom cité chaque matin,
Fait retentir l'Eglife au Rit latin,
Lorfque le Prêtre, en nous tournant fa face,
Renvoie ailleurs la fainte Populace.
De fon Docteur voyant que les avis
D'aucun fuccès n'étoient jamais fuivis;
Rongé d'un mal dont la longueur l'affomme,
Un Allemand veut confulter notre homme;

---

* Jauniffe affreufe qui me rend prefque verdâtre.

A ce defir auffi-tôt commandé,
Un Laquais vole, & notre homme eft mandé.
D'un pied léger l'avidité le guide
Où triftement le malade réfide.
Auprès du lit, affis & délaffé,
Sur le préfent il juge du paffé.
Par habitude il blâme fon Confrere.
Songeant enfin qu'il falloit lui fouftraire
De ce Client le produit principal,
Pour tout remede il prefcrit l'air natal.
D'après fon but, fans fortir de la France,
De ce même air il promet jouiffance.
Or, que fit-il pour obtenir ce lot?
Il conduifit l'Allemand à Chaillot,
Y prendre un gîte, au bord de la campagne,
Dont la fenêtre ouvrît vers l'Allemagne.
　　Sous l'air du zele & de l'honnêteté
　Couvrez toujours votre cupidité.
Geoffroi. Des Trépaffés imitez *la creffelle;*
Dans fon quartier c'eft ainfi qu'on l'appelle;
Mais de fon nom, bien ou mal avertis,
Sachez des faits au vrai but affortis.
Apprendra-t-il qu'un rhume, une engelure,
Un mal léger dont on n'a jamais cure,
Retient chez lui quelque client douillet,
Dont il prit foin pour plus grave fujet?
Sans qu'on l'en prie ou qu'on le follicite,
Tout auffi-tôt il lui fait fa vifite.
Elle fe paffe en fades complimens,

Propos communs & vains remercîmens.
Point ne s'agit de drogue & d'ordonnance.
Le lendemain la fcene recommence ;
Et chaque jour notre homme inattendu
Va fe montrer en Docteur affidu.
Lorfqu'à la fin, fecouant fa pareffe,
Emerveillé de tant de politeffe,
Notre douillet veut quitter fon manoir,
Le ton poli change du blanc au noir.
Le Vifiteur offre la litanie
De tous les jours qu'il lui fit compagnie,
Et le total, exactement compté,
Avec le prix eft au bas arrêté.

　　Des meilleurs tours inépuifable Apôtre,
A cet exemple ajoutons-en un autre.
Cœurs délicats, qui poffédez encor
La loyauté de l'heureux fiecle d'or,
Difparoiffez, ou de votre franchife
Venez plutôt abjurer la fottife,
En imitant le célebre Purgon
Qui ne fait rien de plus haut que fon nom. *
O d'induftrie effet fublime & rare !
Voyez comment mon héros le prépare.
Certain mortel ayant renouvellé
Les faux cheveux de fon crâne pelé,
Il arriva d'un coin de la bordure

---

* Maniere honnête de défigner ce Docteur, mife au
jour & accréditée par l'ami de mon oncle.

Qu'il s'échappoit quelque pointe un peu dure,
Dont la préfence, égratignant la peau,
D'un feu léger colora fon rézeau.
Maître Purgon juge le cas énorme,
Et contre lui veut qu'on agiffe en forme.
Auffi-tôt dit, le fang eft répandu,
L'eau confeillée & tout mets défendu.
Bientôt après vient fa chere ordonnance;
Suivant fon us, il purge à toute outrance.
L'homme à perruque, étourdi du fracas
Avec lequel on difcutoit fon cas,
Se crut tiré de la barque fatale;
La peur rendit fa main plus libérale,
Et le Docteur reçut ainfi le fruit
Que méritoit le feul bonnet de nuit.

Grace au fujet que ma Mufe a fu prendre,
Les traits fameux ne fe font pas attendre.
Pour foutenir votre zele affaiffé,
Quel fier tableau devant vous eft placé!
Diouis. La fauffeté, l'audace, la baffeffe
Y font la guerre à la délicateffe.
A cet exemple, à ce puiffant motif,
Votre courage eft-il encor rétif?
Quoi, votre front de pudeur fe colore!
Votre foibleffe ainfi me déshonore,
Quand vous voyez, par un Docteur-Régent,
Un Bateleur fervi pour de l'argent!
J'excufe en vous la premiere furprife,
Fruit d'ignorance, ou plutôt de fottife.

Mais écoutez. Le Vendeur d'orviétan
N'a dû s'unir qu'avec un Charlatan.
Avec quel autre, au gré de fa fortune,
Pouvoit-il mieux faire caufe commune ?
D'un choix louable eft-ce donc qu'il s'agit?
L'intérêt parle & lui feul nous régit.
Délivrez-vous de tous vos fots fcrupules,
Et par devoir adoptez fes formules.
D'intérêt donc au Charlatan lié,
En fubalterne il eft affocié.
Pour donner vogue à certain fpécifique,
Unique fonds de leur banque empirique,
Et raffurer les poulmons délicats,
Il leur falloit, par des certificats,
Infinuer la croyance forcée,
Que le Courrier qui porte Caducée,
Dans les agens de ce fecours promis,
Par fon Auteur n'étoit jamais admis,
Et que d'Hermès un fucceffeur habile
Par la chymie en convainquit la ville.
Or où trouver ce Certificateur ?
Le Charlatan détache le Doƈteur,
Qui dans les fonds de la nouvelle banque,
Pour égaler les droits du faltimbanque,
Précifément n'ayant rien apporté
Que fon aftuce & fon avidité,
S'étoit chargé, par ce marché notoire,
De lui fournir cet utile acceffoire.
Il part, il cherche, il rumine en fecret

Comment pourvoir à ce grand intérêt.
Son cœur l'infpire : une adroite impofture
Séduit bientôt la crédule droiture.
Il tient déjà le papier extorqué ;
A fon complice il eft communiqué :
Tout réuffit , & la typographie
Divulgue enfin l'écrit qui certifie,
Sans que l'Auteur, trompé dans tout ce jeu,
Pour cet ufage eût donné fon aveu.
A ce fuccès le Bateleur, le Maître
Ne fait par où, ni comment reconnoître
Du bas Valet le fublime talent.
L'or n'en fut pas le feul équivalent.
Il fait depuis à cet homme impayable
Le rare honneur de l'admettre à fa table ;
Et celui-ci, tout fier d'être en crédit,
Dînant gratis, y fait le bel efprit.
    Pour ne prefcrire en ce long catalogue
Aucun devoir fans modele analogue,
Peignons-en un qui feul les vaille tous,
Et qui réponde enfin à tous les goûts.
D'un Profeffeur, célebre dans l'Europe,
Adroitement déchirons l'enveloppe ;
Sans qu'aucun trait du Saint que nous prêchons
Soit un obftacle au but que nous cherchons.
Nouveau Protée, enclin à chaque extrême,
Dans chaque phafe il eft toujours lui-même.
Vrai Sybarite & grand Stoïcien ;
Hardi Sophifte & bon Logicien ;

Brufque, poli ; facétieux , mauffade ;
Compatiffant , dur jufqu'à l'incartade ;
Pareffeux , vif ; avide, négligent ;
Point faftueux & n'aimant que l'argent.
Malgré fa morgue & fa philofophie,
C'eft à ce Dieu que fon cœur facrifie.
M'objectez-vous que, tout à fes plaifirs,
Il voit les gens fe morfondre en defirs ;
Que vainement une mere éplorée,
En fuppliante & l'ame déchirée,
Vint pour fa fille implorer fon fecours
Dans le danger qui menaçoit fes jours ?
Au premier mot le Profeffeur s'excufe.
La mere infifte , & notre homme refufe.
Le défefpoir tente un nouvel effort :
» Non. Suppofez, dit-il, que je fois mort ».
Inftruifez-vous. Ce refus volontaire
Lui vaut ailleurs un plus fort honoraire.
Le même efprit l'a conduit dans le choix
Du protégé qui marche fous fes loix.
Il préfumoit qu'un Subftitut capable,
Toujours honnête , affidu , doux , affable,
Eût dégoûté le Public éclairé
D'un Médecin trop bizarre à fon gré.
Sentant le prix de cette conféquence ,
Fermant fon cœur à la reconnoiffance,
Que dès-long-temps il doit à des amis
Pour le fervir tant de fois compromis ;
Le Profeffeur que l'intérêt infpire,

Voyant le mieux & choififfant le pire,
Pour fe montrer plus utile & plus grand,
Prend un Vicaire auffi bas, qu'ignorant.

    Tels font les loix, les mœurs, les tours d'adreffe,
Qu'un zele pur offre à votre jeuneffe,
D'un Art divin folides fondemens,
Pour la fortune utiles inftrumens.
Heureux cent fois, fi votre cœur docile
A mes confeils ouvre un accès facile ;
Si convaincus de leur néceffité,
Vous vous pliez à leur auftérité ;
Et fi la mort, dont la faulx me menace,
Prête à ma voix l'onction efficace
Pour vous laiffer un profond fouvenir
Des faints devoirs que vous devez remplir !
Malgré mes foins à calquer mes préceptes
Sur les hauts faits de tous nos vrais adeptes,
Pour que l'exemple & l'attrait des vertus
Fuffent pour vous un aiguillon de plus ;
De mes pinceaux fi l'inexactitude
Avoit donné quelque fauffe attitude
A ces portraits étalés à vos yeux,
Je l'avouerai, je n'ai pu faire mieux.
Mais fi quelqu'un de ces divers modeles,
Repréfentés fous des traits peu fideles,
Se plaint à vous de refter méconnu,
Si quelque fait ne m'eft pas parvenu,
Dites à tous, en prenant ma défenfe,
Qu'un Editeur expiera mon offenfe.

Par teſtament mes droits lui ſont remis;
Il prendra ſoin que rien ne ſoit omis,
Et publiant toutes les anecdotes,
A chaque article ajoutera des notes.

F I N.